● 2008 年「好書大家讀」推薦好書

青春的十一場雨

常新港◆著

自序

青春會留下什麼？

◆常新港

所有文學作品中的文字，都留下了作家生命中的記憶。所有文學中的文字，還會創造未來的記憶，留在人世間。關於我們青澀的青春呢？文學就是一個寬厚的老者，它留住了青春，留住了它的蓬勃，也留住了它的依依惜別。

人為什麼總是對青春的記憶刻骨銘心？有心理學家稱，因為一個人在青春時期最純潔，最透明，最富有幻想。一個人在那個短暫的時期，流淚最多，歡笑最多，幸福最多。就是在一個國家最為苦難的歲月裡，一個孩童的成長，都會伴有艱辛的快樂。

這就是生命中的青春吧？

我的真實青春是在中國的文革中度過的。文革開始時，我八歲。文革結束時，我十八歲。命運就讓我的青青在那樣動盪的年代度過。我目睹了國人對文化的摧殘，我看見了無辜的流血和死亡。當然，我也懂得了人的靈魂是可以流浪的。為了記錄那個年代的青春，我寫了長篇小說《青春的荒草地》和《青春的激情》，想告訴現在的成長中的少年，中國的文革十年都發生了什麼，一個普通孩子都經歷了什麼，一個民族的災難怎樣影響了一個人的青春成長。我把傷痛、愛戀、離別、辛酸、歡樂、苦難，變成記憶，變成文字，留在歷史的塵埃中。當多年之後，有人想要知道那個時代發生的故事時，就需要輕輕拂去往事的灰塵，看看那個特殊的年代，有著怎樣特殊的青春經歷。那是我的半自傳，是我的傾情宣泄。

那是對一代人青春的祭奠。

當我面對今天的孩子，我會感到自己童年的缺失和擺脫不了的遺憾。如今，他們生活在完全物質化的社會，名牌、速食、網路、肥胖、影碟、旅遊……幾乎就跟空氣一樣攪拌在他們的青春時光裡。等我一天天陪伴著自己的女兒成長時，我漸漸明白，今天的孩子有同樣的傷感、不幸、抱怨、對抗，和永遠不會消亡的青春叛逆。

一個作家必須面對孩子的叛逆。叛逆是青春的一個鼓鼓囊囊的旅行袋，裡面塞滿了他們即將獨立的行為、計畫，和對無限世界中的幻想。他們不會輕易讓大人們打開這個行囊，就是偶爾允許你朝裡面看一眼，他們也是警惕地看著你的手，還有你隔膜的心。他們是在守護著自己內心的隱祕。這種感覺就成了一種清晰的幻象，年復一年地懸掛在我思維的螢幕上。他們的行囊永遠背在肩上，隨時準備掙脫和逃亡，那是他們對靈魂的自由放逐。

今天，我們的大人們對孩子的束縛更緊了，就像千百年來，所有的大人面對著沒有長大的孩子一樣。這樣的故事，會不斷地重複和上演。

收入本書中的小說，都是我在二〇〇二年之後創作的，是對當下孩子成長的記錄。他們的任何一段人生插曲，任何一點點生活細節，都會令我感歎。

我是帶著複雜的情感，嘗試著進入他們的青春生活的。在我描寫他們的生活揣度他們的內心時，我彷彿又重新活了一次，像是再一次度過了自己的青春時光。這樣做的結果，我的肉體依舊在衰老，可內心的青春在無限地延續。

是的，我的遺憾在減少，並有了一種幸福的富足感。我想對讀者們說，青春會給一代又一代人留下缺憾，我就是想把這些缺失變成文字，讓它告訴後人，他們要珍惜最後一場春雨般短暫的青春。

目錄

城市香草

城市草香

在男生汪天洋的眼裡，他爸爸在社會上混得一事無成。談不上慘，也不能用落魄來形容。他在二十年裡，搏殺在十幾個領域裡，沒有太大的收穫，過去那一頭人見人愛的黑色濃髮，日漸稀薄不說，連頭皮都裸露了。汪天洋對別人說起爸爸時，這樣介紹過，從事過寫作，後來又投身廣告業，再後來寫過歌詞，再再後來，把多少年的積蓄投入了股票市場，全被魔術般套牢了。就是這一年，爸爸的興趣轉向對兒子的教育，他把所有希望像買股票一樣，壓在了汪天洋身上。

爸爸永遠對兒子保留著批評的至高權力。汪天洋在接受爸爸的批評時，有幾種記憶在大腦裡沉浮著：幼兒園時，只要爸爸一吼他，他就張大嘴哭，哭鬧的聲音比爸爸高出許多分貝，他和爸爸拚的是嘴。小學時，爸爸把批評的水兜頭潑來時，那水讓汪天洋覺得涼，他就像是讓爸爸扒光了衣服，當衆羞辱了一番。上中學時，爸爸朝他潑髒水時，他能用沉默或是眼白來分解臭水的濃度，漸漸增強自己對髒水的免疫力。

爸爸抽菸，抽那種在外人面前不敢把菸盒拿出來的菸，他會從衣袋裡直接抽出一支菸，用手指遮擋住香菸的牌子，點上。在家裡，爸爸會把廉價的菸掏出來，扔在桌子上，很放鬆地點火抽菸。汪天洋看得明白，覺得爸爸在外面壓抑了，心情肯定不好。他趕緊拿一本書躲避到衛生間裡。他盡量做到不跟爸爸單獨待在一個空間裡。但是，媽媽不管這些，每次都讓爸爸到陽台上抽菸，或是讓爸爸站在廚房的排煙機下面抽，並同時打開三檔排煙系統，不讓一絲的煙留在室內。

汪天洋懂得一點，媽媽的刻薄是有理由的，因爲她面對的是一個失敗的男人。到了這個時候，坐在馬桶上看書的汪天洋就能聽見爸爸和媽媽吵嘴，吵那種在低俗小說裡能看到的內容。

坐在馬桶上的汪天洋想，你們吵吧，吵累了，我手裡的小說就看了一半了。

等你們再吵，我就看另一半。但是，爸爸和媽媽不讓他坐在馬桶上享受那本叫做《笨種男孩兒是根草》的書，都大叫著汪天洋的名字，讓他出來評評理。

他從衛生間走出來，手裡拿著翻開的書，隨時準備返回到衛生間繼續閱讀。

媽媽問他，你說，我讓你爸在排煙機下面抽菸，直接把他吐出來的煙抽走，這不對嗎？汪天洋說，對！爸爸說，對個大頭鬼！我在外面忙了一天了，在家裡安心抽支香菸，你媽讓我站在轟轟亂響的排煙機下面吸菸，你知道我的感覺是什麼？汪天洋問，是什麼？爸爸說，你媽恨不得把我變成了煙直接抽走了，回不到地球上！

汪天洋低頭繼續看書，書裡一個叫笨種的男孩兒吃了一種香草，正腳不沾地地一路狂奔到森林，不準備回家了。

媽媽說，天洋，你說，我要是跟你爸爸離婚了，你跟著誰？

汪天洋站住了，把書合上。爸爸也同樣關心這個問題，也問道，你說，我和你媽不過了，你跟著誰？

……那個笨種男孩就是一個人跑進森林的。

汪天洋說，我自己過！

這個回答讓爸爸和媽媽都想不到，本來，他們吵架吵到這個話題時，都想得到一種勝利滿足的，在那個很短的時間內，爸爸和媽媽都在大腦裡快速地搜索自己對兒子付出的好處，計算自己在兒子心裡的分量，想不到在滿心期待中，兒子把他們雙雙甩進回收站。

汪天洋朝爸媽的臉上掃了一下，就看出他們的內心受到了傷害。他第一次覺得異樣，爸爸和媽媽因爲他的一句話變得失魂落魄。他們也是第一次在兒子說了一句話之後都想反思一下，不再戀戰。

……那個笨種男孩兒獨自闖入森林之後，腳上的皮鞋丟在了泥潭裡，他的赤腳被一種鋒利的刺草割破，他蹲在一棵老人樹下包紮流血的傷口……

在學校裡，汪天洋屬於那種女生們都不想跟他同桌的人。如今的社會，性格內斂、自我封閉的人，都被認爲是傻瓜一類。第一次世界大戰使用火炮，就有一種光點火不會響的炮，叫臭炮，悶炮，死炮。全班有四分之一的女同學在歷史老師講到這一段時，都會在大腦中閃過汪天洋的形象。

汪天洋在同學們心目中的地位，他自己很淸楚。一切都表現出無所謂。班主任陳愛愛老師把汪天洋的表現視爲不求上進。

陳愛愛平時關注過汪天洋，對他的行爲很留心，尤其是上課，她發現汪天洋的目光是凝固的，不興奮。不興奮的目光是冷淡的。凝固的目光是自我的，對外來的事物是客氣的拒絕。陳愛愛讓汪天洋回答她剛剛講過的數學概念，汪天洋站起來，回答不了。陳愛愛和所有同學都知道汪天洋回答不了。同學們還知道，正是汪天洋回答不了這個問題，陳愛愛老師才讓汪天洋站起來回答這個問題的。這樣做有兩個目的，一是提醒汪天洋專心聽講，二是警告那些分心的學生，不專心是很容易被老師發覺的。

「汪天洋，你知道爲什麼讓你站起來嗎？因爲你的心思沒在老師的講課上。我知道你回答不了，我希望在下一次叫你時，你能回答出老師的提問。我也希望下一次叫的不是你。你坐下吧！」陳愛愛說。

但是，汪天洋沒坐，仍舊站著。

陳愛愛說：「你坐下吧！」

汪天洋還是站著，像個失聰的人。

陳愛愛覺得她和汪天洋之間出事了，擔心地問他：「老師讓你坐下，你爲什麼還站著？」

汪天洋說：「我明天也回答不了老師的問題，省得老師還叫我，乾脆不用坐下了。」

教室裡只是沉默了幾秒鐘，陳愛愛和同學們笑起來。同學們覺得汪天洋夠傻，陳愛愛覺得汪天洋聰明。

看見陳老師笑了，汪天洋就坐下了。在他的印象裡，陳愛愛老師從未對他單獨笑過，也就是說，從來沒把她的笑容當禮物送給過他。這一節課上得有些驚心動魄，因爲，汪天洋看見陳愛愛老師不時地看他一眼，眼光裡流露出少見的寬容和溫情。汪天洋不停地出汗，內心的激動就像是一隻動物上竄下跳。

……飢餓中的笨種男孩兒看見了樹上的一隻松鼠，松鼠從樹上摘下一個松塔（註：松果），扔給了他。那個飽滿的松塔掉在他的面前時，裡面的松籽就像是火焰爆裂了。這是森林裡的第一縷溫暖……

數學成績一直拖全班後腿的汪天洋，在兩個星期之後的小考中，成績進入了第五名。陳愛愛老師在批數學卷時，眼光落在汪天洋的卷子上，徘徊了許久。最後，她笑了一下，把汪天洋的卷子翻了過去。在一分鐘之後，她又把汪天洋的數學卷子找出來，從頭看到尾，像是在畫廊裡欣賞一幅失而復得的古畫。

在家裡，爸爸端著菸灰缸從陽台上回來，汪天洋看見爸爸的菸灰缸裡有三四個菸頭，他的臉黑著，連裸露的頭皮都黑著。看來，爸爸最近涉足的新領域，同樣沒給爸爸帶來好消息。爸爸問他，把最近的各科小考成績拿來我看看。

汪天洋把考試卷子拿出來，獨獨不把數學卷子拿給爸爸看。爸爸一邊看一邊搖著頭，不知道說什麼。最後才問他，數學卷子在哪裡？

汪天洋說，還沒發下來。

爸爸說，不看也罷，看了更鬧心。爸爸把這些卷子朝遠處一推，說道，拿走拿走！

……森林裡的夜晚很恐怖，笨種男孩兒不知道那隻松鼠去哪裡了。他抱著肩膀蹲在樹下等著牠，渴望牠在黑夜裡出現……

陳愛愛老師在數學小考的總結上，沒有表揚汪天洋，但是，汪天洋像三歲孩子一樣，一直處在受表揚的興奮中。下課時，陳愛愛老師在講台上收拾作業本，看見汪天洋經過她身邊時，就說，天洋，你幫我把數學作業拿到辦公室去。

汪天洋抱起一大摞本子跟在陳愛愛身後走。兩人相距有半公尺。這時候，汪天洋就聞到了一種香味。這香味很特別，在汪天洋的嗅覺記憶裡不曾出現過。有一點可以肯定，這不是香水味道。汪天洋轉頭看了一下，周圍沒有其他人。他快走了一步，離陳愛愛老師更近一些，就判斷出陳愛愛老師的身上，散發著那種香味。汪天洋問，陳老師灑香水嗎？陳愛愛老師回頭看了他一眼，似乎沒明白汪天洋在問什麼，香水？

汪天洋說，你身上有一股香味。

陳愛愛老師臉紅了一下，汪天洋並沒發現這一點。陳愛愛老師伸出手拍了一下汪天洋的頭，老師從不灑香水的。

汪天洋用手一直撫摸著被陳愛愛老師碰過的地方，進了老師們的辦公室，裡面還坐著其他老師，女老師多一些。汪天洋就聞到了各種香水的混合味道。他覺得剛才的不知名的淡淡香味散失掉了。他臉上就出現了失望和無奈。陳愛愛老師問他，怎麼了？汪天洋說，沒事。他放下那一摞作業本，回頭走了。陳愛愛坐到自己的辦公桌前，想了想，站起身，把眼光朝長長走廊望了過去，發現沒有一個人影了。

大約在一個星期之後，跟上一次幫著陳愛愛老師送作業本的經歷差不多，汪天洋說，陳老師，你身上眞有一種香味。陳愛愛老師好像等著汪天洋的這句問話，很有準備地說，是草香吧。

草有香味？汪天洋問道。

陳愛愛老師說，我想是有的。

哪裡來的草香？

我在家裡種草啊。

不種花種草啊？

我願意種草。有時候，心情不好時，忘了給它們澆水，它們照樣長得很好，從來不怨我。

你把草種在什麼地方？聽說陳老師住在七樓啊！

陽台。我把草種在陽台上。

汪天洋就站住了，用奇怪的眼光打量著陳愛愛老師。你家裡人……也同意你種草不種花嗎？

我離婚了，只有我一個人，我喜歡種草，就種草了。

老師離婚了？

這不是老師跟學生交流的話題。

我想看看老師種的草。

陳愛愛老師頓了一會兒，說道，好吧，哪一天方便，就去老師家看看老師種的草。

……笨種男孩兒在黑暗中一直等著那隻松鼠出現。他掐自己的腿，趕走自己的睡意，瞪著兩隻大眼睛，惟恐錯過了見到松鼠的機會……

汪天洋爸爸和媽媽背著兒子，簽了一份協議書，大意是爸爸抵押了房子，從別人手裡拿到一筆錢，然後再次投入股市，挽救前期資金投入的損失。如果還是血本無歸，汪天洋的爸爸從家裡自動退出，社會上形容這種方式叫做「淨身出戶」。汪天洋只知道爸爸又在股市裡游泳，不知道那份殘酷的協議書。爸爸有點像在賭博，在賭自己的後半生。賭徒的言行跟常人不一樣，他常常處於興奮和不安中。在短短的時間裡，爸爸的臉上會變幻著幾種表情，這樣的折磨過後，爸爸臉上的皺紋多了、深了，就像不良產品的廣告，報導著他未來的不幸。

陳愛愛老師家所在的住宅小區很雜亂，她家的七樓處在建築的最高層。汪天洋跟著陳愛愛老師在樓道裡躲著雜物，一進入陳愛愛老師的家門，除了整潔外，淡淡的草香沖散了經過樓道時留在心裡的不快。汪天洋換了拖鞋，直接走上陽台，第一眼就令他怔住了。當初知道陳愛愛老師在家中不種花偏偏種草時，就讓他覺得怪，現在他看見在樓上這種的種草方式，確實讓他想不到。

陽台上什麼東西都沒有，只在陽台上鋪了一層土，在土上長著一層綠綠的草。

老師，我現在相信，草是香的。

陳愛愛老師搬來兩把摺疊軟椅，放在陽台門邊，既能看見陽台上的草，也能看見天上的雲。兩人手裡都拿著一個杯子，裡面是清水。誰也不喝，但是，拿在手裡都覺得愜意。在沉默中，兩人都做了同一個動作，把杯子舉起來，透過杯子中的水，望著陽台上的草。

你知道老師爲什麼離婚嗎？

汪天洋聽見陳愛愛老師主動提起這個話題，心裡震盪了一下。但是，他又覺得在這個安靜的能聽見草長聲音的時刻，說起內心的隱密，是最最恰當的時機了。

他望著陳愛愛老師，用眼睛問道，爲什麼？

陳愛愛老師笑起來，我不能生小孩。說出這句話，陳愛愛老師放聲大笑起來，在這個世界上，不能生育的女人是不幸的。我的丈夫在我提出離婚後，一個小時就主動寫了離婚協議書，然後搬出了家。他好像是要匆忙離開我的草。他說過，一個種草不種花的人，能生出孩子就怪了！

汪天洋還是呆呆望著陳愛愛老師，突然間問了一句，老師多大年齡了？

你猜不到吧？

汪天洋說，猜不到。

陳愛愛老師說，三十五。

汪天洋還是呆呆地看著陳愛愛老師。

陳愛愛老師說，你肯定覺得老師不像是三十五歲，像四十五歲。

汪天洋說，你像媽媽。

陳愛愛老師的手就抖了一下，杯子裡的水灑出了一些。她說，晚飯在老師家裡吃吧。汪天洋沒想這麼多，就點頭說，好，我跟老師一起做飯。

汪天洋跟陳愛愛老師在廚房裡炒菜時，香味四溢。陳愛愛說，老師做的菜香吧？汪天洋說，香，可是……

陳愛愛老師眼沒離鐵鍋裡的菜，問他，可是什麼？

汪天洋說，我還是聞到了草香味。

陳愛愛回頭認眞地說道，我看，下一道菜就是拌青草吧？

汪天洋說，行。

這是玩笑，他和陳愛愛老師不是牛，也不會去吃草。但是，兩個人坐在小桌旁邊吃飯時，都說，草是能吃的。

汪天洋回家時，見飯桌上擺著菜和飯，都用另外的碗扣著。他說，我在老師家吃過了。爸爸問他，在哪裡吃了？汪天洋說，在老師家吃了。

爸爸說，吹！老師不打你板子就不錯，還請你吃飯？對了，請你吃飯的可能是體育老師吧？你好像在去年學校的馬拉松比賽上跑進了二十名！

……笨種男孩兒沒等來松鼠，卻看見了一隻狼蹲在遠處朝他眨著眼睛……牠蹲一會兒，就朝笨種男孩兒跟前湊近幾步，然後蹲下，盯住他看……

他開始懷念草。懷念生長在陽台上的草。

陳愛愛老師因為草的緣故，又邀請汪天洋去了家中三次。他們談了很多，也談了很久，在他們說話時，那些草就靜靜地在陽台上陪伴著他們。

汪天洋問陳愛愛老師，我的身上什麼時候才會有草香吶？

陳愛愛老師說，草香是聞不到的，你覺得它香，它就香，你覺得它不香，你的鼻子就失靈了。

汪天洋爸爸從家中搬出，一切事情都按照協議書上的條款做的。他沒有跟兒子汪天洋告別。他覺得這樣跟兒子不辭而別對誰都好。汪天洋三天沒見爸爸面時，問媽媽，我爸去哪裡了？媽媽把協議書遞給汪天洋。汪天洋看了之後，平靜地遞給媽媽。

陳愛愛老師突然調離了學校。汪天洋不知道陳愛愛老師爲什麼調走，一開始，他只是以爲陳愛愛老師病了，不能上課，他就等著，希望老師的病快點好。兩個星期之後，他覺得事情不簡單了。

最後才把陳愛愛老師調走的原因弄清楚，是校長聽到陳愛愛老師獨自生活時，經常把一個男生帶到家裡。這對於一個老師來說，學校絕不允許。

……笨種男孩兒看見了那條狼，他站起身，找到一根防身的樹棍，在月亮下舉了起來。那隻狼猶豫著，漸漸後退……

汪天洋去了陳愛愛老師家，敲門時，裝修的聲音差一點撕裂他的耳膜。一個陌生男人站在門口問他：「找誰？」

「陳愛愛老師。」

房子已經賣給我了！房子的新主人想關上門，汪天洋用手撐住門，不讓他關上，問房主，陽台上的草還在嗎？

哪裡有草？我沒見到什麼草！

汪天洋想到，陳愛愛老師肯定把草都搬走了。所以，他放心地離開了陳愛愛老師的舊居，一個人在街上走了很久。

那天在放學之後，新的數學老師，一個戴著老花眼鏡的老教師問同學們，誰是汪天洋？汪天洋說，我是汪天洋。

老教師扶了一下老花眼鏡，很認真地看了看汪天洋，說道，你的數學成績不錯。看見汪天洋沒說話，就又說道，辦公室有件東西是你的，是別人送來的。

汪天洋就去了辦公室，就看見桌子上有一個花盆，裡面種著他熟悉的草。他什麼也不說，抱起就走了。當時在辦公室裡的老師們都相互問，汪天洋不問，怎麼就知道那盆草是他的？

汪天洋坐車回家時，一直把它抱在懷裡。他把它放在自己的床頭上。

……笨種男孩兒把自己變成了一根草，長在了森林裡……他對自己說，我可以在森林裡活下去了……

一個月後的某天下午，天上落著小雨，汪天洋打著傘回家，突然間看見了久別的爸爸。在看見爸爸的瞬間，雨奇蹟般地停了。連天上的雨都知道這是一次不尋常的見面。爸爸看著兒子，說，我一直擔心你的數學成績。

汪天洋說，爸，我的數學成績一直很好。

爸爸說，我相信。爸爸的鼻孔抽動了一下，問道，這是什麼香味？

汪天洋覺得鼻孔裡發酸。在孤獨中安靜下來的爸爸，也能聞到草香了。他跟爸爸說，沒事回家看看。

爸爸沒點頭也沒搖頭，轉身走了。停下來的雨，又淅淅瀝瀝落在傘上。在小雨帶來的微風裡，汪天洋真的能嗅出自己身上的草香。

找牙

找牙

那天，城裡落了一場罕見的雪。三年都沒有這麼大的雪了，讓人看了都有說不出的興奮。人們走在街上，腳下像有了伴奏，嘎吱嘎吱的，連城市的節奏也加快了。當然了，這雪也落到了學校的操場上。

上午第四節課是(5)班的體育課。高高大大的年輕體育老師站在這樣的雪地裡，眼睛裡就湧出很多的浪漫。班裡愛打籃球的男生從體育老師的眼中看到了他的溫柔和寬容，就提出要自由活動。

於是，大家都聽見了老師動聽的聲音，看在雪的份上，大家自由活動！

這是在上課鈴聲響過三分鐘時發生的事。但是，再過三分鐘後發生的事，讓高大浪漫的體育老師後悔莫及。

體育老師看見那幾個細長的男生在搶沾著雪的籃球，女生在跳繩和踢毽子。有兩個男生已經在雪裡滾成了雪人。只有一個叫老八的男生縮著肩膀在雪地裡站著不知道要幹什麼。老八是他的外號，他戴著早就超過八百度的近視眼鏡，只要有人問他，你眼睛多少度了。他就回答，八百。所以，同學們都叫他老八。

體育老師就朝籃球場上的一個人喊了句：「喬丹次二郎！」那個擁有這個僅次於美國喬丹的光榮綽號的男生回頭問：「老師叫我？」

體育老師說：「別光你們幾個打籃球，帶上老八！」

喬丹次二郎沒說話，只是用眼睛看著老八。老八就走過去了。喬丹次二郎把沾著雪的籃球朝老八拋過來，老八用手一接，沒拿住，籃球上的雪卻揚了老八一眼鏡。這時候，體育老師從口袋裡掏出手機，給城市某一個角落的女朋友打電話。

老八擦眼鏡時，喬丹次二郎對他說：「老八，讓你一起玩，你肯定絆我們腳。不讓你玩兒，老師又下了命令。這樣吧，咱們來個身體素質考核。你用兩隻手順著籃球架子爬上去，然後抓住籃框，再跳下來，這樣你就成爲我們的板凳隊員了。」老八把眼鏡戴上了，說：「不是板凳隊員，是上場的主力隊員！」

幾個男生樂了，都說行行行。可是，老八從這幾個人的眼睛裡看到了嘲弄。

老八走到籃球架子的下面仰頭看了一下，然後開始朝上爬。體育老師正在電話中談到拍照片的事，說到了周末去拍雪景，但願那時樹上還有雪，可以拍樹掛，很美的，多少年都難遇上。

老八的身體已經懸在半空裡，他的手成功地抓到籃框了。喬丹次二郎的表情出現了敬佩，就在下面喊道：「老八，沒想到你還眞行！你下來吧！」

當時，幾個人就看見老八的身體從上面跳了下來。老八站起身時，他的手捂在嘴上。喬丹次二郎就說，你捂嘴幹什麼？老八就把手從嘴巴上拿開，大家就看見老八的嘴很怪異，比往常黑了許多。再一看，他的兩顆門牙沒了。剛才發黑的地方是黑洞。老八的臉上慘白著，覺得那兩顆門牙離開他太早了點。

喬丹次二郎說，不疼吧？老八就晃著頭，表示沒事。有人還說了一句話，牙掉了，連血也沒流？

一說到血，喬丹次二郎就看見老八拚命朝嗓子眼（註：喉嚨）裡嚥東西，任誰想看他的嘴，老八就是不張開。有人就告訴了體育老師，說老八出事了，兩顆大門牙掉了。

體育老師一聽就急了，讓老八張開嘴巴給他看。體育老師一看，立即說道：「快上牙科醫院！」

大約十分鐘後，(5)班班主任接到體育老師從醫院打來的電話，讓(5)班的同學馬上尋找老八的牙齒。專家說在當天找到牙齒，可以給老八裝上，比所有後配的牙齒都要好。

喬丹次二郎領著幾個打籃球的男生在籃框的下面找。但是，地上有雪，又被踩了很多的腳印，找起來並不容易。體育老師又打來電話問，怎麼還不把牙送到醫院？學校的人說，還沒找到吶。

(5)班又來了一些視力好的、不近視的同學繞著籃球場找。沒找到。班主任覺得再這樣找是不行的，牙是白的，雪也是白的，找起來很難，就命令大家把各班打掃衛生用的塑膠桶取來，把籃球框下面的雪裝到桶裡，拿到室內，讓雪化了，找牙就方便了。於是，(5)班的教室裡，長長的走廊裡，都倒上了雪。好多的男生和女生都用手在雪裡抓、扒拉。中午吃飯時，大家都忘了，所有人都在找老八的那兩顆牙齒。

說來眞是見鬼，(5)班教室和走廊只流淌著雪水，就是不見老八的牙。

下午四點多鐘，天就暗了。老八的爸爸聞訊開著車來了，急得他把車燈打亮，讓兩束車燈照著籃球場。喬丹次二郎就和幾個人跪在車燈下，用手在雪地上找。

體育老師又打來電話，問找到老八的牙沒有。老八的爸爸沮喪地說，不行了，看來是找不到了，讓醫生想別的辦法吧。體育老師說，專家一再地囑咐盡量找到那兩顆牙齒，金的烤瓷的銀的都不如原來的合適。

老八的爸爸對著黑乎乎的操場喊道，上哪裡找他原來的牙？天都黑了！

喬丹次二郎仰著臉盯住籃球框說，老八的牙肯定是在他跳下來時，被籃筐的網掛住了，會不會還掛在上面？說著，喬丹次二郎順著老八爬行的路線，抓住了籃框，果然看見了老八的牙齒。只有一顆！他喊道。有人在下面說，再仔細看看，喬丹次二郎說，沒有，只有一顆！說著，他跳了下來，當他雙腳落地時，覺得鞋底下有東西，用手一摳，就摳下了老八的另一顆牙來。

在晚上九點鐘之前，老八的兩顆牙都找到了。牙齒送到醫院後，專家順利地把牙齒種在了老八原來的地方。但是，專家說，要讓它們長牢，還需要一段時間。

第二天，班主任和大家就看見老八依舊慘白著臉，嘴巴都不敢輕易地動一動。吃東西時，也只是用一根吸管，喝一點牛奶。走路時，大家都給老八讓著路，怕撞著他。下午時，班主任開了班會，連著講了好幾件事。學校規定，下雪天，操場上的雪沒掃淨，不讓在上面活動，免得再掉了什麼東西不好找。又念了老八爸爸寫來的一封感謝信，感謝全班同學找牙，從上午找到了晚上。最後，班主任問大家，昨天的事情是怎麼發生的，誰應該負責任。

幾個打籃球的男生就側著臉偷偷地看喬丹次二郎。喬丹次二郎就站了起來，說老八掉牙的責任由他承擔，都是他引起的。

班主任見喬丹次二郎把責任攬了過去，就不想再說什麼了。這個班會，班主任講得也夠多的了。但是，喬丹次二郎要說話。班主任問他：「你還有話要說？」

喬丹次二郎說道：「我想告訴大家，老八從掉牙到現在，他沒哭過。」

同學們都一愣，再去看老八時，發現老八的臉上有了血色。

從一隻英國皮鞋開始

從一隻英國皮鞋開始

那天，爸爸跟我說：「我去朋友家參加一個很重要的家庭酒會，你想去嗎？」說這些話的時候，他已經換上外出時常穿的那雙英國皮鞋了。媽媽上夜班，讓爸爸安排我的晚餐。我回頭看了一眼餐桌，冷冷清清的桌面兒上擺著一盒方便麵（註：速食麵）。我還沒說話，爸爸就開始誘導我了：「廚房裡有開水，十分鐘前燒開的，可以泡麵。」我不等爸爸脫身，就說：「我想跟你去吃大餐。」爸爸說：「我那朋友家，哪裡能準備什麼大餐啊，無非就是啤酒管夠。」我說：「我就是想看看大人是怎麼把自己喝傻的。」

記得有一次爸爸在外面喝多了酒，一夜未歸。我和媽媽找到他時，他正躺在大街旁的花壇裡睡覺，還說著夢話，腳旁只剩下了一隻英國皮鞋，另一隻不知身在何處。當時，看見一隻髒兮兮的鞋陪伴著爸爸兩隻髒兮兮的光腳丫子，我就被那隻孤獨的鞋感動了一下。後來，我做了件兒子有義務做的事——在大街上貼了三十張尋物啓事：「如果您在大街上拾到四十三號右腳皮鞋一隻，請打電話〇九三二〇〇〇一二三，失主會親自登門感謝，並送上薄禮一份」。啓事還沒張貼出去，爸爸就咬著牙絕望地說：「算了，算了，沒人會打電話給咱的，瞧你的措詞，還薄禮一份，什麼薄禮？對有些人來說，送台電視機，也算薄禮；有些人呢，你說聲謝謝，他一輩子都不會忘。」

我沒理爸爸的牢騷話，把這些啓事貼了出去。兩小時後，有人打來電話，說他撿到了一隻大皮鞋。爸爸一聽，就從沙發上彈了起來，嘴裡直說：「還眞有人打電話來，還眞有人爲了那份薄禮做好事。」

我把電話放下，看著瞎興奮的爸爸，有點好笑。我說：「爸，你帶著薄禮去認領皮鞋吧。」爸爸苦著臉說：「我該帶什麼薄禮去答謝人家呢？」我說：「這還用我教你啊？」爸爸想了想，「我先去超市轉轉，看看買點什麼東西。」他要出門時，我覺得應該針對爸爸的心態說兩句，我就說：「爸，你先別忙著走，我有話跟你說。」爸爸說：「不行，我要把那隻皮鞋拿回來。」我說：「你放心，丟不了。我只想跟你說，做事別毛毛躁躁的，要多想想，千萬別什麼都沒做就先失去信心了。比如說這次，我要貼啓事，你先反對，也不分析一下情況。你想想，誰會要一隻皮鞋吶？又不是帽子，扣在頭上一頂就行了。它是鞋子，必須是兩隻才成。」

「那他撿去那一隻幹什麼？」爸爸疑惑不解。

「也許是尋物啓事的功勞吧。」我說。

我發現，那隻英國皮鞋找到之後，我和爸爸的關係出現了質的變化。現在，我提出要去參加爸爸他們大人舉行的家庭酒會，拒絕方便麵，爸爸就站在門口猶豫起來。我提醒爸爸：「我去了，跟你做個伴兒，省得你把皮鞋丟了。」

聽我這麼一說，爸爸低頭瞧了瞧那雙英國皮鞋，下了決心：「好吧，你跟我去，但是，大人說話時，你好好聽著，別亂插嘴。說實話，我也不忍心讓你吃方便麵。」

鎖了門準備下樓時，爸爸看著我說：「你換一件背心，找一件沒有圖案的。」我低頭看了看自己的背心，上面是我喜歡的史努比極有特點的長臉蛋兒。我說：「這是史努比。」我的意思表達得很清楚，它是我的朋友，不是什麼圖案。爸爸不想在燈光昏暗的樓道裡跟我商量這件事：「去換了。」我開了門，回到屋裡，脫了背心，把它翻過來，穿上，走出門。爸爸欣賞地看著我穿反的背心說：「這件背心多好，清清爽爽的。幹麼非要把那麼大的驢頭掛到胸前吶？」我糾正爸爸：「不是驢頭，是史努比。一隻比人可愛的狗。」爸爸不服：「在我看來都一樣。」我說：「區別大了，一個是只會發出難聽叫喚的大牲畜，一個是給我帶來幸福的朋友。」爸爸無法跟我交流了，這已經超出了他日常使用的詞彙範疇。

路上，我一直在樂。爸爸一直想讓我離開史努比，但結果吶，我離史努比更近了。此時此刻，史努比正緊緊貼在我的心口上，跟我描繪爸爸的粗心和愚蠢。我在心裡嘲笑爸爸的那些話，比嘴巴裡說出來的要刻薄一百倍。但是，史努比在勸我，讓我口下留情。我在心裡對史努比說，因爲有了你，我消滅了多少壞心情啊。否則我敢跟我爸爸血戰到底。

酒會的地點在本市環境最美的宜賓園。一進門，我看見大廳裡站著坐著很多人。女主人穿著長裙，梳著栗色長髮，跟我打招呼：「你就是那個幫爸爸找到英國皮鞋的天才吧？」我說：「阿姨好。」

女主人轉臉看著我爸爸說：「這孩子看上去不錯，沒你形容的那麼……糟。」女主人停頓了半天，還是把最後那個字吐了出來。

我聽出這裡有文章，問女主人：「阿姨，我爸爸背後說了我很多壞話吧？」

女主人哈哈笑起來：「這孩子……」

爸爸對我說：「別忘了出門前跟你說的話！」

女主人伸手在我的頭髮上摸了一下：「歡迎你來做客。」

爸爸換了一雙軟底拖鞋，對我說：「你也換雙拖鞋。」我跟女主人說：「我光腳吧？」

女主人點點頭，「隨你。」爸爸卻固執地說：「換拖鞋！」我說：「我就光腳。」女主人對爸爸說：「讓他光腳好了。」

女主人摸了一下我的衣服，問我：「你故意穿反了？」

我笑笑，脫了衣服，讓我可愛的史努比從黑暗中走到燈光下。爸爸頓時把眼睛瞪得像燈泡大。女主人說：「多可愛的小傢伙。」

從大人的嘴巴裡，我知道女主人開了一家很大的廣告公司，她的公司搞出的廣告創意讓同行望塵莫及。在這個家庭酒會裡，我還看見了兩個渾身散發著香水味道的外國人，他們都是女主人的客戶。我像史努比一樣，跟在兩名老外後面興奮地聞了一通香水味。其中一個老外，長著一個大鼻子，跟法國那個男演員大鼻子情聖一樣。我用蹩腳的英語、他用蹩腳的漢語兩人連比帶畫地交談了一陣。爸爸一邊喝著酒，一邊把眼光盯在我身上，後來他終於忍不住湊到我跟前，要我找一個角落坐下，別在房間裡亂竄。

我無法坐下。爸爸再一次湊到我跟前，悄悄說：「別亂動了！老老實實待一會兒！」我說：「這又不是上課，爲什麼不能走動？」

爸爸看我的眼神很淩亂，兩隻眼睛就像是兩顆亂晃蕩的燈泡。我心想，幸虧這個世界上大人的眼光不都一樣，如果都是爸爸這種大人，我們可怎麼才能愉快地活啊？

大約一個鐘頭之後，我才知道那個大鼻子情聖是一家合資企業的外商代表，他正同女主人的廣告公司談一個新型收割機的電視廣告。廣告的投資很大，吸引了很多的廣告人。沒想到，我爸爸也加入到這個競爭隊伍裡，他把女主人叫到一邊，談得眉飛色舞。女主人的表情很平淡，只是點頭，最後，等爸爸說完了，用一個堅決的搖頭結束了談話。談話一結束，爸爸便沮喪地坐在角落的一把椅子上，悶頭喝酒，一杯接著一杯。我走過去提醒爸爸：「你少喝點酒吧！」爸爸一揮手，「到一邊玩去。」我說：「我知道你心情不好！」爸爸把手裡的酒杯在桌面上重重地放下，「走開！」

我想，大人心情不好時，做兒子的還是少在他們面前晃爲妙。爸爸衝我發火時，被女主人瞧見了，她朝我招手，示意我過去。我走到女主人跟前，她笑著對我說：「別惹你爸爸。」

我說：「我早就習慣爸爸的那種臉色了。」

她仍舊笑咪咪地說：「說說看，他的那種臉色是什麼樣的？」

我用手把自己的臉擠壓成窄長的一條，舌頭伸出來，眼光散亂地看著四周。

女主人告訴我：「我像你這麼大的時候，也跟我的爸爸做過這種鬼臉。」

我問：「眞的嗎？」

她說：「當然了。」

我又關心下一個問題了：「挨打了嗎？」

她說：「沒有。」

我有點沮喪。「你比我幸運多了，我只敢在他背後做一下，讓他看見了沒我的好處。」說完，我就去桌子上找甜飲料，並回頭對女主人說：「一談我爸爸，我就口渴。」女主人說：「我給你榨一杯橘子汁。」女主人用鮮橘子榨汁時，突然問我：「我們想給一種剛剛推向市場的收割機做一個電視廣告。你說說看，如果交給你，你怎麼做？」

我說：「你的橘子汁什麼時候榨好？」

她說：「三分鐘。」

我說：「好吧。我就說一個收割機的三分鐘創意。」

下面就是在女主人榨橘子汁的三分鐘內，我想出的收割機電視廣告的創意：

畫面上是一大群耗子。一隻老耗子面對著一群小耗子說：「我們要搬家了！」小耗子們七嘴八舌地問：「為什麼？」老耗子說：「你們沒看見嗎？」這田裡新來了一台收割機，那傢伙一動起來，一粒糧食都不會給我們剩下的，我們只能搬家了！」……

我看見女主人的兩隻手停住了，兩隻眼睛牢牢地盯著我。我說：「我要喝橘子汁。」她說：「你先不要喝橘子汁了，先跟我來。」我固執地說：「我口渴。」

女主人只好先榨橘子汁。我端起杯子一飲而盡。然後，她把我帶到大鼻子情聖跟前，摸著我的頭，開始用英語跟他說話。我看見大鼻子情聖白色的臉龐漸漸充血，不停地點頭，最後竟忍不住大叫起來。從兩人的表情上看，他們的話題跟我有關。最後，女主人對我說：「孩子，你的廣告策畫被客戶採納了。」

說真的，我對廣告這種事不感興趣，我只是淡淡地對女主人說：「我還想再喝一杯橘子汁。」女主人與匆匆給我榨橘子汁時，我看見可憐的爸爸趴在桌子上睡著了。他又喝多了。

那天晚上，是大鼻子情聖開車把我和爸爸送回家的。第二天早上，家庭酒會的女主人打電話正式通知我爸爸：「你兒子的廣告被客戶採納了。」剛剛清醒過來的爸爸紅著眼睛問：「倪爾子是誰？我沒聽說過這個人啊？他是從哪兒蹦出來的？」

女主人說：「你兒子你不認識嗎？就是寫告示把你那隻英國皮鞋找回來的你兒子！」

當時，我爸爸的表情真是難看到家了，嘴巴咧著：「我兒子？」

我沒費吹灰之力說出的廣告創意，給爸爸帶來了好名聲，也給家裡帶來了一筆可觀的收入。但是，我在家庭中的地位還是沒有明顯的提高，當然也有一點小小的變化。比如說，爸爸又搞了一個廣告創意，他不親自遞給我看，而是費事地先交給媽媽：「讓兒子看看，怎麼樣？」

媽媽遞給我時，意思表達得更直接了：「你爸爸讓我給你看看，提點意見。」

我在看爸爸的廣告創意之前，總是不忘說上一句：「今後遇到這種事，讓爸爸直接給我好了。不用媽媽轉交了。」

我開始在爸爸的廣告創意上大動刀斧，把他原本整潔的紙張弄得一塌糊塗。我還有意讓自己的字顯得模稜兩可。然後，我把它交給媽媽。爸爸一會兒又讓媽媽送了過來：「你爸爸說，讓你把字寫清楚了，他看不懂。」

我說：「哪有學生把老師的批語打回頭讓老師重寫的？」

媽媽厭煩在兒子和丈夫之間跑來跑去了，就說：「你跟你爸爸直接說吧！」

我說：「你讓他直接找我。」

沒一會兒，我聽見爸爸衝媽媽發火：「讓他過來！」

我不動。事情都到這份上了，我爸爸還不肯放下架子。面子多害人啊！

不久，爸爸很不幸地又把英國皮鞋搞丟了，這回丟的是一雙，原因還是喝酒喝多了。當然，每次醉酒的背後，都記錄著他失敗的經歷。礙於面子，他竟然對我和媽媽封鎖消息，把自己關在屋裡寫了三十張尋物啓事，做賊一樣貼了出去。當然，他的啓事跟我上次寫的內容大致相同。但是，兩天過去了，沒人打電話告訴爸爸那雙英國皮鞋的下落。

我是在大街的一堵牆上看見爸爸的「尋鞋啓事」的，這已經是第三天了。我回家問爸爸：「皮鞋又丟了？」

爸爸的眼神躲躲閃閃，不看我，說：「丟了。奇怪，啓事的內容跟上次一樣，怎麼不靈了？」

我說：「你的啓事沒有新意。」

爸爸說：「這種尋物啓事要什麼新意？」

我討厭爸爸那種口氣，老是不能把自己擺到一個和兒子平等的位置上說話。我說：「你不想要那雙英國皮鞋了？」

爸爸嘴巴不軟：「看你那樣子，就像你還有法子把皮鞋找回來似的。」

我說：「我能找回來。但是，我對爸爸只有一個要求。」

爸爸不情願地說：「什麼要求？」

我說：「我和爸爸應該平等。」

爸爸說：「先把皮鞋找回來，說那些廢話幹什麼？」

我說：「我不找了。因爲你不想跟我平等。」

爸爸又咬他的牙根子：「好好好，我跟你平等。」

我拿起一張紙，刷刷地寫了以下內容：

我是一個患有嚴重傳染病的人，近日不慎丟失皮鞋一雙。哪位看見並拾到，請迅速跟失主聯繫，失主會向你提供有關防治該傳染病的知識和藥物，以確保您和家人的身體健康！

我跟爸爸說：「用電腦打出來，字號大一點。」爸爸半信半疑地照我的方法去做了。

尋物啓事貼出三十分鐘後，電話就打進來了。撿到皮鞋的人說馬上要送皮鞋上門，並焦急地詢問，他有可能被傳染上什麼可怕的病。

爸爸哭笑不得，急得在屋子裡團團轉，問我：「你說，我該怎麼向人家解釋？」

我對爸爸的無能表示不屑：「我只管找到那雙皮鞋，解釋工作是你的事。你總該做點什麼吧？」

我記得，爸爸當時瞪著我，想說什麼，但是，他沒說出來。爸爸的那雙英國皮鞋終於穿爛了，他沒捨得扔到垃圾箱裡。他跟媽媽說，他不想扔。媽媽背著他告訴了我。我說，留著吧，等我兒子長大了，我跟他講講英國皮鞋的事，他會感興趣的。剛剛說完這些話，我又尖聲叫起來，改變了主意：

「不，我不要兒子！」

媽媽很吃驚我的突變：「你……爲什麼？」

我傷心地說：「我害怕長大了像爸爸似的，那樣的話，我兒子豈不遭了殃？」

青瓜瓶

青瓜瓶

今早，我夢見自己掉進了黑人堆裡。所有人包括我自己，都齜著白牙在樂。我的好友細白瓜在黑人堆裡撞來撞去，看不見我。我就跳著腳喊，你眼瞎了！我在這兒！細白瓜看見了我，說，你是夠黑的！

我就這麼黑，生下來就這麼黑。我媽卻給我起了一個千嬌百媚的名字，娜娜。我懂得媽媽的可憐心思，她渴望我成爲黑美人。關於一個美人應該走過的藝術道路，媽媽都逼我走過。跳舞、彈鋼琴、聲樂都被我拋棄了。最後還落下了毛病，凡是在學校上這類課程，我都反感，就像遭遇了舊日的仇人。

在正常的音樂課上，一個對舊歌曲情有獨鍾的女老師讓我們學一首《小螺號》。我先問什麼是小螺號。音樂老師就不高興了，她是怪我節外生枝。就像是她要開口講拖把，我偏要讓老師從怎麼種植棉花開始。

音樂老師沒回答我的問題，但她的眼睛流露出對我的厭惡。我看出來了，所以，我的心情也不好了。事情就發生了。

小螺號裡面的歌詞頭兩句是這樣的：小螺號嘀嘀吹，海鷗聽了展翅飛……

她教我們第一句時，我就忍不住在下面改了歌詞：小螺號瞎胡吹……女生細白瓜聽清了我竄改的歌詞，就樂了。音樂老師唱第二句時，我又接著改編歌詞：海鷗聽了瞎它媽飛！

我當時一定很衝動，聲音挺大，讓所有人都聽到了。但是，音樂老師不能確定這種歌詞是從我這樣的女生嘴巴裡唱出來的。她問道：「剛才是誰在亂唱？」

我站起來：「是我。」細白瓜的手在下邊拉我的衣服，我不理她，就像草原上的鹿昂首站著。

那天，我還在回家的路上，爸爸就被班主任召喚到學校了。晚上，我聽見爸爸對媽媽說：「娜娜到了很危險的年齡。」他們說的話讓我聽了心驚膽戰。

我十二歲的冬天，家裡從一室一廳的小房子搬到了一百多平方米的大房子裡。爸爸背著手在寬敞的房間裡走來走去，對媽媽說：「把娜娜的爺爺接來一起住吧。」媽媽沒說話，我先舉雙手歡呼。

爺爺是個和藹的老頭。再說，在空蕩蕩的大房子裡，我需要有更多的人在走動。媽媽見我高興，就去收拾一間屋子。爸爸說，給娜娜爺爺住的屋子，一定要陽光充足。媽媽說，咱們的房子，哪裡會沒有陽光的？爸爸說，娜娜爺爺住的房子，陽光一定要最充足的。

爺爺來了。他先是站在大客廳裡左顧右盼，然後說，光聽說房子大，沒想到會這麼大。我跟爺爺說，我領你去自己的房間。爺爺站在他的房間門口說，沒想到，一個沒一根黑頭髮的糟老頭還能住這麼大的房間。

我問，糟老頭在哪兒？

爺爺指著自己的鼻子說，糟老頭在這兒。

我看著爺爺從一個大袋子裡把一些他必須帶來的東西掏出來，擺到地上。爺爺小心翼翼擺弄自己的東西時，我就樂了。爺爺問我樂什麼，我說，爺爺的這些東西，都是破爛。

爺爺眼巴巴盯著地上的東西說，誰說是破爛？那個是破爛？你叫它破爛它答應嗎？

這時候，爸爸和媽媽也站在爺爺的門口看著一地的東西直樂。媽媽說話了：「娜娜，你認爲爺爺的哪些東西是破爛，你挑出來。」

爺爺聽我媽媽這麼一說，緊張地盯著我：「娜娜，我這裡可沒破爛。」我已經用腳把一堆東西一踢，說：「這些東西都是破爛。」一個小口細脖子的瓶子滾到一邊去了。爺爺一下把瓶子抓到手裡。

我說，那是什麼？我覺得那瓶子裡有東西。我就伸手去爺爺手裡奪。爺爺說，別搶，我給你看的。

我接過瓶子一看，裡面是一根黃黃的東西。那東西比瓶口粗大許多，它是怎麼放進去的？

爺爺說，娜娜，你想不到瓶子裡的是黃瓜吧？

我詫異地問，它是黃瓜？黃瓜是綠的，它怎麼一點都不綠？再說，它這麼大，怎麼從瓶口裝進去的？

爺爺伸出一根小手指說，黃瓜還在這麼大時，我就把瓶子套在上面了。我讓它在瓶子裡長大。然後摘下來，泡上白酒，它就不會爛掉了。

我又問，這根黃瓜如果不在瓶子裡，它會長得很大吧？

爺爺用兩隻手比畫著，能長很大的。

爺爺把青瓜瓶放在他住的房間裡的窗台上。

爸爸跟爺爺說，我給你買一根眞正的野參，泡上好白酒，就別喝黃瓜酒了。

爺爺說，我已經不喝白酒了，我只是看著它，心裡可以想起好多的事。

我每天上學之前，爺爺都站在門口笑咪咪地送我。他從來不說一句話。爺爺的笑容讓我心裡很舒服。幾天之後，我就養成了一個習慣，一放學，就推開爺爺的屋門，也不說話，只是朝爺爺笑一笑。其實，一推開爺爺的屋門時，我就能看見窗台上擺著的青瓜瓶。

那些日子過得還算平靜。我沒再出事。說心裡話，一個女孩子，誰想天天惹事生非？但是，生活中發生的事，我說了不算。事情還是發生了。在課間操短短的時間裡，我們班上的三個男生和外班的五個男生在一個籃球架下打球，說淸楚點，就是兩夥人在爭奪一個場地。兩分鐘沒過，我班上的一個男生就被外班的男生踢了一腳，雙方就打起來了。三個對五個，純屬於不公平競爭。我用眼睛尋求幫助，想讓自己班上的男生援助一下。但是，我沒看見操場上有我們班的男生，也許，我們班上的男生見打架了，有意躲避起來，也說不定。

三十秒鐘不到，我們班的三個男生的臉上都光榮掛彩了。但是，三個男生還不示弱，仍舊頑強抵抗。

這時候，我激動起來。我忘了自己是一個女生了。也就是說，我遺失了自己的性別。我衝了上去，幫助三個男生擺脫困境。我出手挺快，這正是我好動的結果。三個男生見我上來幫助他們，竟然有兩個男生感動地流淚了。

這場惡戰，是在膀大腰圓的體育老師干預下，才終止的。在校長室裡，一屋子的老師把目光盯在我的臉上，他們的眼睛裡都流露出一個明確的主題，你娜娜是一個女生啊？怎麼跟男生攪和到一起打群架？

說來也怪，當老師們把髒水一樣的目光潑到我臉上時，我心裡正一片陽光。因爲我幹了我想幹的。

性別不是問題。

這時候，那個膀大腰圓的體育老師對我說，你跟我來一下。我不知道這個從來沒跟我說過話的體育老師單獨找我有什麼事。我跟他來到走廊上。

他看了我半天，對我說了一句我沒想到的話：「打架時，你一點都不怕嗎？」

我說，這有什麼怕的？

他笑起來，說道，外班那個男生的鼻子流血了，他說是你打的。

我興奮起來，流了多少血？活該！他們五個人打我們班三個人時，他就沒想到自己的鼻子會流血？

體育老師拍了一下我的頭說，沒事了。

我奇怪地問他，你要找我幹什麼？這就沒事了？

體育老師說，沒事了。你還想有什麼事？

我說，老師夠怪的。

體育老師說，我們都正常，誰都不怪。

回到家，家裡人都眼巴巴看著我。像看見一個怪物進了屋子。我等著爸爸和媽媽教訓我。爺爺坐在自己的屋子裡不出來。但是，能感到所有人的心情很沉重。媽媽對我說：

「娜娜，你到底是怎麼想的？」

我說：「什麼事怎麼想的？」

媽媽瞪著眼睛：「你是女生！」

我說：「我沒說自己是男的！」

爸爸插話了，他早就想插話了，就是不知道該插一句什麼話：「娜娜，你能不能犯點女生該犯的錯誤？」

我實在是忍不住笑出聲來：「什麼是女生該犯的錯誤？」

在爸爸和媽媽看來，這是一個很嚴重的教育大事，卻讓我笑起來，實在讓他們想不通。爺爺從自己的屋子裡走出來，對我爸爸和媽媽說：「你們別說了，讓娜娜安靜一會兒。」

我有點感激地看了看爺爺。

爸爸和媽媽克制住自己的不好情緒，不說話了。我從他們面前走過去，進了自己的屋子。我的屋門剛剛關上，爸爸就衝著爺爺發了脾氣：「我管女兒，怎麼就不行了？娜娜都忘了自己是個女生了，不管還得了？我不能讓娜娜今後像你一樣只會種菜吧？」這句話讓爺爺很生氣，爺爺不想跟我爸爸拌嘴，回到自己屋裡去了。

打架的事發生之後，我在男生中的威信飆升。那種感覺是我從來沒有領受過的。連女生們都公開表示了友好的嫉妒。細白瓜對我說，娜娜，你出了那麼多的事，你怎麼不在乎啊？

我反問細白瓜，我出了什麼事啊？

打架啊。

我說，說實話，我沒打夠，課間操的時間太短了，不然，還不知道發生什麼事吶！

細白瓜用那種電視劇中出現的又愛又恨的口氣說，娜娜，你乾脆變成男生得了。

我說，你別勸我，我眞想當男的！

我等著學校給我和那些參與打架的學生們處理意見。聽說要在學校通報。我問打架的同學，怎麼還不處理我們啊！

男生說，你想念處分都想瘋了？

處分我們的決定還沒下來，那個膀大腰圓的體育老師找到我了，還領來一個同樣是搞體育的咄咄逼人的男人。那男人一看見我就樂，說，行。

我不知道他說的行是什麼。

體育老師向我介紹那個男人，娜娜，他是市自由摔跤隊的滕教練。

我說，你想讓摔跤教練摔我？

體育老師點著頭說，意思差不多。

原來，是體育老師向這個摔跤教練推薦了我。推薦我的原因，就是因爲我跟男生打架。

摔跤教練指著自己的胸部對我說，來，娜娜同學，敢照我這兒來一下嗎？

我說，爲什麼平白無故打你？

摔跤教練說，想試試你的分量。
我照著摔跤教練的前胸就打了一拳。摔跤教練忍不住哎喲一聲，臉頰紅了起來。體育老師說，沒事吧？
摔跤教練指著我說，就是她了。
體育老師對我說，你被滕教練錄取了。
我問，摔跤？
滕教練說，我要讓你成爲中國最好的自由式摔跤隊員。
我又問，練好了摔跤，能把我們的體育老師摔倒？
滕教練說，能摔倒兩個體育老師。
我說，行。
除了上課，下午三點鐘，去摔跤隊練一個半小時摔跤。只練了一個星期，滕教練說，你是個天生的摔跤天才。
一個同樣練摔跤的女生說，我都練一年了，滕教練還沒表揚過我一個字吶。
我偷偷練摔跤半個月，爸爸和媽媽才知道了。他們跟我吵跟我喊，說我是一個怪物。我知道爸爸和媽媽對我的希望破滅了。他們差一點就要瘋了。但是，我狂熱地愛上了摔跤。這時候，我渴望待在自己屋裡的爺爺出來說句話，哪怕不幫我說，只讓緊張的空氣緩解一下也可以。爺爺沒出來。

爸爸說，從明天開始，你連學校都不要去了。我給你請一個家庭教師。你連這道門檻都休想跨出半步！

我絕望地大叫了一聲，爺爺！

爺爺站到了他房間的門口，陰沉著臉。他手裡拿著那個他帶來的青瓜瓶。

爸爸衝著我說，你叫爺爺來有什麼用？你的教育是我來負責的！你把爺爺喊出來幹什麼？

啪一聲，爺爺把手裡的青瓜瓶子摔在客廳地上了。那個已經變黃的黃瓜掉在地上，屋裡馬上瀰漫著一股酒氣。爺爺彎腰把被酒浸泡過的青黃瓜捏在手裡，對我爸爸說，我可不想讓你的孩子變成瓶子裡的黃瓜。

第二天，爺爺固執己見地要回鄉下住。爸爸勸爺爺留下，我也勸爺爺留下。媽媽對爺爺說：「這房子有多大啊，你不住，它也閒著。」爺爺說，還是鄉下大。

爺爺真走了。

就在那天，學校對我們打架的學生通報批評下來了。班主任在上面念，我的臉轉向窗外，一心想念爺爺。

下午，我去了摔跤隊。第一次把一個練了近兩年的男生摔倒在軟墊子上。

爸爸已經得知了我的處分決定，在我回家後，小心謹慎地觀察我。我一臉喜色。爸爸問我，處分下來了，你要正確對待。

我說，你多心了，我不是瓶子裡的黃瓜。

爸爸一愣，媽媽也盯住我的臉，一臉的問號。

有一天，爺爺來電話了，跟我爸爸說，讓娜娜聽電話。我接了電話，爺爺問我，過得好嗎？

我說，瓶子裡的黃瓜長出瓶子了！

爺爺只說了一個字，好。

爸爸和媽媽在一旁問，你和爺爺在說什麼？

我放下電話，回頭對爸爸和媽媽說，我跟爺爺在談教育問題。

爸爸說，胡說什麼啊？你和爺爺談教育問題？一個是問題女生，另一個是種地的老頭，還談教育問題？

我看了看爸爸，說了一句話，爸，你怎麼什麼都不懂啊？

媽媽斥責我，不許跟爸爸這樣說話！

那天，細白瓜傷心地跟我說，她不想學畫畫了，但是，家裡人非逼她學，說不能半途而廢。已經學了五年了，怎麼樣也得堅持下去！細白瓜還說，我好容易畫了一匹馬，大家都說，細白瓜啊，你這頭驢畫絕了！你說，我還有什麼出息？

我問細白瓜，你想幹什麼？細白瓜就對我說，跟你去學摔跤。我說，行啊！

細白瓜又說，我家裡這道關就過不去。

我就跟細白瓜說了青瓜瓶的故事。細白瓜問我，你從哪裡看來的？我不能說是自己爺爺的事，就說是從書上看來的。我說，你就把這件事說給家裡人聽，看看有沒有一點用途。

晚上，細白瓜就打給我，說青瓜瓶的故事起作用了。但是，細白瓜媽媽執意讓細白瓜把這本書借給她親自看一看。細白瓜媽媽相信書上說的，絕不相信自己女兒嘴巴裡說出的道理。細白瓜問我，怎麼辦？

我說，這簡單，就說它來自一本名著，呱呱叫的名著。

好吧，我就說是呱呱叫的名著。細白瓜說。

我心裡以為，自己的故事，比名著強十倍，為什麼不呱呱叫？第二天下午，我把細白瓜領到摔跤隊去了，讓滕教練教了幾個簡單動作給細白瓜，細白瓜賣力地在軟墊子上學了幾下，就把滕教練看呆了，他說，哎？娜娜，你們班出摔跤隊員啊！細白瓜原來學什麼的？

我說，說出來你不信，她過去學畫畫的。

就在那天的下午，當我和細白瓜從摔跤練習場走出來時，我爺爺在鄉下去世了。

羽毛也幸福

羽毛也幸福

帶草坪的房子

去年的最後一個星期，我意外地獲得了一幢不算小的房子。我說的是我，是我自己擁有的房子。我可以無限期地使用它，並隨意地處理它。一個十五歲的女孩子擁有了這樣一幢房子，她能幹些什麼？她完全可以放開膽子去想，雙手扠腰，待在自己的空間裡，想像的世界大得讓自己瘋狂。

推開大窗戶，可以看見外面有一塊草坪，一塊一百餘平方公尺的地方。我站在窗前一直在想，這塊草坪可用來幹什麼？再蓋一間小房子，並吸引幾隻不同的動物加入我的生活？要不就乾脆在草坪上挖一個游泳池？在草坪的邊上，立幾個不大不小的風車？不為發電，立它幹什麼？想了幾次之後，我就批評了自己，人的生活，不只跟吃和穿緊密聯繫起來的，有時，還爲了心中的快樂。當我看著外面的草坪時，我的心裡就有了這種幸福，草坪給它的十五歲的女主人帶來了幸福，它就有它存在的理由了。

因爲洶湧而來的幸福，我暫時沒有時間敘述自己獲得這幢房子的原因，只想開始我擁有了這幢房子之後的生活。

有一天黃昏，我的草坪上闖入了一條並不高貴的狗，牠的毛不長也不短，牠的顏色看上去像渾濁的水。這是我判斷牠出身的依據。跟這條狗一起闖入我的草坪的還有一個腿腳不利索的老頭。這個老頭的手裡有一根繩子，那根繩子是用來拴狗的，但是，這條狗看見我的草坪後，激動地掙脫了老頭的繩索，跑到草坪上，並舒服地拉了一泡屎。

老人抱歉地跟我說：「孩子，對不起，牠把屎拉在這麼乾淨的草地上了……我找東西把它掃掉……」老人一面說，腿腳好像站不穩一樣，前後晃動著。那條不高貴的狗，此時正在我的草坪上打滾。

我對老人說：「你沒看出來，牠喜歡這裡。」

老人疑惑地看著我：「孩子，你很有錢嗎？」

我說：「不，錢是掙來的。」

老人仍舊腿腳不利索地走了，還回頭叫狗的小名，一個很傳統的不會讓我發生興趣的狗名，讓牠跟他回家，並罵牠給他惹禍。我對老人說：「明天，還領著牠來吧。」

老人前後晃動著身子說：「不不不，牠會把草搞髒的。」

我在老人的背後喊道：「牠可以在草坪上拉屎！」

老人聽見我的話，身子晃得更厲害了，他在用衰老的肢體語言告訴我，他不相信我說的話。

亂七八糟是幸福的源頭

原來爸爸和媽媽生活在一起時，爸爸總是在我起床後，逼我把自己的床收拾乾淨。媽媽也幫著爸爸說話：「一個女孩子，連自己的床鋪都不想收拾，到底還能幹什麼？」

我說：「早上收拾好了，到了晚上，不還是要打開嗎？」

媽媽說：「在我的家，你必須收拾床鋪。」

爸爸常對我說：「現在，你們該天天上軍訓課，不然，這代人都完了！」

我們這代人好好的，讓爸爸一說玄了，完了！怎麼完了？完了是什麼樣子？不完是什麼樣子？

現在好了，我送走了收拾床鋪的鬧心的日子。

我狂熱地喜歡亂糟糟的床鋪，就像暗中喜歡明星一樣。我終於把自己的床鋪搞得不像是床鋪了，像是賣布的舊貨攤子。什麼時候，我都可以像跳進水裡一樣，跳到我的床上，隨便抓過什麼顏色的床單，蓋在自己的臉上身上，睜大眼睛作夢。我覺得在這樣的床上躺著，又安全又舒服。它是天下第一床。

有時，我抱著亂七八糟的床單和好幾個枕頭滾到地上，可以幸福地睡到天明，你說，你說，床還有意義嗎？沒有意義的床，為什麼還要收拾它呢？天啊，我想通了這個問題，就為世界上的大多數人悲哀了，人為什麼要收拾沒有意義的床呢？

亂七八糟是幸福的源泉，不信就試一試。

請什麼人到家中做客

獨自過了一個星期的舒服日子，我就想把朋友請到家中做客。我當然要請我心中想請的朋友了。我的同學朋友中，有班組長，有團支部書記，有各科的課代表。爸爸和媽媽讓我跟這些優秀的同學在一起，他們有一套理論，叫做近朱者赤，近墨者黑。我學習成績好了，爸爸和媽媽就在家裡分析，他們的女兒最近跟誰在一起的時候多了，受到了良好的影響；我的成績偶爾下降，爸爸和媽媽躲在他們的小屋裡還是分析，最近他們的女兒又跟誰在一起受到不良的影響了。

我自己的生活方式自己選擇。

第一個被我隆重請到我自己房子裡的同學是女生鶯鶯。鶯鶯原來叫英英，名字被她自己改了。她說，我是女的，叫什麼英啊？鶯鶯的學習成績平平，在全班的中下游位置上。讓班主任讓爸爸媽媽讓那些有經驗的大人們說，鶯鶯這種學習狀態，屬於最最危險的狀態。他們把鶯鶯說得那麼危險，鶯鶯每天還是那麼快樂，比大多數人快樂，起碼比我快樂。鶯鶯身上的衣服都是經過她自己改造的，所以，鶯鶯的衣服看上去比我們的都要漂亮都要好看許多倍。

鶯鶯就是穿著這樣的漂亮衣服走進我的新房子的。

在她還沒走進我的新房子，她的腳還沒踏在我的草坪上，我的虛榮心已經把我搞暈了。但是，對我的新房子和一百餘平方公尺的草坪，鶯鶯沒表現出吃驚，而是說：「我要是有這樣的房子和草坪，我就不上學了。」

我違心地跟她說：「有這樣的房子和草坪，就是爲了更好地學習，把成績搞上去！」

鶯鶯臉上這時流露出吃驚來：「你是這樣想的？」然後，鶯鶯把我遞到手裡的飲料杯子放到桌子上，想告辭了。

我攔住她：「你生氣了？」

鶯鶯說：「你剛才提到的那個話題我在自己家裡就聽膩了，沒想到在你自己的房子裡，你還關心這件事？」

我連忙說：「算我沒說，算我什麼都沒說。」

聽見我的道歉，鶯鶯的表情這才緩和下來，坐到木椅子上。

有一個很奇怪的問題，我悶了半天，還是問了鶯鶯：「鶯鶯，我剛才一直想問你，我沒跟你說，這房子和草坪是我自己的，你怎麼知道它們就是我自己的？」

鶯鶯說：「我從這打開的臥室窗戶，看見了你的床，我就知道這房子是你自己的。」

我不得不佩服鶯鶯了，她除了會穿衣服，還有這麼敏銳的洞察力。我說：「你眞聰明啊！」

鶯鶯不理會我的由衷讚美，只是說：「在我們家，有一張亂七八糟的床，是我十五年的夢想。你趕在我的前邊就實現了。」

就在我那間亂七八糟的幸福的臥室裡，我讓鶯鶯把她身上的經她手改造過的漂亮衣服脫下來，我穿上，在房間裡轉了幾圈。在鏡子前，我比過去要漂亮多了。鶯鶯說：「羽毛，你爲什麼不走到草坪上去？走到外面去？」

於是，我穿著鶯鶯的衣服走到外面去了。

鶯鶯的到來，讓我知道自己穿上有個性的衣服，也很漂亮。

我心裡有了很多的感慨，對鶯鶯說：「我不如你。一個女生，除了功課，還有那麼多那麼多的東西需要自己去了解。你在很多地方比我強，都走到我前邊去了。」

鶯鶯受到我的讚美，似乎還不太習慣，臉上出現了紅暈：「羽毛，你今天怎麼啦？說這麼酸的話，不行，我倒牙。我要漱口！」她果然跑進衛生間去了。當她出來時，我發現，她把自己的臉弄濕了，滴著水珠，她對我說：「羽毛，我十五歲了，第一次聽到別人這麼誠懇地讚美我，所以，我剛才忍不住……哭了。」

我的眼睛也濕了。

這一天，我和鶯鶯在甜飲料裡加了點酒，第一次暢飲起來，我們兩個搶話說，誰都聽不清對方在說什麼，都只想表達自己心中想要倒出來的東西。

結果，我和鶯鶯都醉了，像兩條大軟骨蟲，拱到亂七八糟的床上睡著了。

我在夢裡還在訴說。鶯鶯的嘴巴也沒閒著。

我給男生當媽媽

我不會做飯，更不會洗碗。有的人喜歡做飯，打死也不想洗碗。我什麼都不想。但是，在那個明媚的星期天，我十分想做一頓飯，別出心裁地創造一頓飯。想做飯的念頭是在第一次跟男生約會之後誕生的。其實，也不能叫約會，只是把一個高高大大的男生約到了我的房子裡而已。他叫孟達。看他的外表，像是蒙古人。我想，他如果再長高一點，樣子就像騰格爾了。可是，孟達不會唱歌，他的強項是有蠻力。四個跟他同齡的男生吊在他身上，他還能步行十三公尺。

孟達接到我的邀請電話，很痛快地答應下來。在我給他打電話之前，我還在想，孟達會不會拒絕我的邀請。

他一走近我的草坪，就停步不前了。

他壓低了嗓門兒問我：「羽毛，這是你家的草坪？」

我說：「不是我家的，是我的。」

他說：「我可以從上面走過去嗎？」

我說：「當然了。」

他小心翼翼地從草坪上走過，走進房子裡。他那樣子，就像是從一隻正在睡覺的大動物身上踏過。他坐在客廳裡的椅子上的動作很拘謹，有點僵硬，像是上課鈴聲敲過了，嚴厲的老師正走進教室的門。

我說：「在我的家裡，你可以放鬆了。」

聽我這麼一說，孟達放鬆了很多，還離開我指定的那把椅子，到處走走，看看，他還發現了一個問題：「羽毛，你的房子裡沒有書桌！」我反問他：「一個中學生的家裡，有了書桌就是有作爲的人？」孟達看了看我，點點頭，他的眼睛裡流露出羨慕：「羽毛，你要是我媽媽該多好啊！」

聽孟達這麼說，我心裡湧進一股暖暖的東西。我說：「今天中午，我要給你這個大兒子做一頓豐盛的午餐。」

高高大大的孟達，原本黑黑的發僵的臉上開始生動起來。他用少有的孩童口氣對我說：「我眞想吃羽毛媽媽做的午餐。」

我帶著一種幸福走進廚房，開始精心準備午餐。我一心一意想讓兒子吃得滿意。一個多鐘頭過去了，我把能吃的東西都切成了塊狀，放到鍋裡燉上了。不一會兒，鍋裡就飄出了很濃郁的香味兒。這香味把兒子孟達從草坪上引進了廚房，他像狗一樣抽動著鼻子，不停地叫喚：「這是什麼？太香了太香了！媽媽做的菜太香了。」

我只做了這一道大菜。當我和兒子坐到桌前開始盡情享用這道菜時，兒子孟達先是欣賞了盆裡的菜，給它起了一個名正言順的名字：「這叫亂燉。我跟家裡人去飯店時，吃過這道名菜！」

這一大盆菜，被兒子孟達舔得乾乾淨淨。孟達的肚子被亂燉撐得圓溜溜的，他一個勁地說：「完了完了，我的肚皮要被撐破了。」

我說：「你圍著草坪走一走，多轉一會兒，對你的身體有好處。」

孟達盯住我的臉說：「每次在家裡吃了媽媽做的菜，媽媽就說，吃了好東西了，就該去好好讀書了！你不這樣，你讓我出門走一走，多玩一會兒……」

那天，男生孟達離開我的房子時，在草坪前又站了好久，最後戀戀不捨地說：「羽毛，當你兒子很幸福。」

我說：「當你的媽媽，我感到自豪。因爲你的個子……眞高啊！」

看見孟達漸漸離去的身影，想著剛才他留給我的那句話，我對自己的未來生活充滿了自信。

一根羽毛被窗玻璃擋住

晚上，我一個人坐在房子裡。我把所有的燈都打開了，讓夜晚離我遠一點。我在這個屬於我的房子裡生活了多久？我不記得了。因爲幸福和快樂，我遺失了時間。有時候，我想，沒有夜晚就好了。

就在這時，我在自己的頭頂上看見了一根飄浮在空氣中的白色羽毛。我盯了很久，看見它最終落到什麼地方。我的心被它牽扯著。我就像看見了另一個自己。

這根羽毛被看不見的氣流托舉著，飄過客廳，撲到了窗戶上，被玻璃擋住了去路。就在它沿著光滑的玻璃要落到窗台上時，我從椅子上蹦了起來，衝到窗前，一下子推開窗戶。室外的氣流湧進來，跟室內看不見的氣流匯合了，撞擊成一個氣的旋渦，讓這根羽毛飄然而去。

我緊張的心情鬆弛下來。我看著黑夜，看了許久。我知道自己在爲自己送行，這是一次罕見的別離和遠行。

像空氣一樣的大聚會

我心裡很淸楚，我早就想搞一次大聚會。僅僅把鶯鶯和孟達請到家裡是不夠的。我要把全班的男生女生都邀請到我的房子裡來，讓他們都跟我一起享受這片天地的自由，享受我的房間和草坪。

我一直在籌畫，用什麼方式邀請大家，用電話還是發紅色的請柬？每張請柬上都畫上一根白色的羽毛。

我放棄了這種方式。而是選擇了一種快捷的辦法，打電話給鶯鶯，委託她約請大家在明天光臨我的家。

鶯鶯在電話裡問我：「爲什麼要明天？這麼匆忙？星期天不行嗎？」

我說：「不行，就是明天。」

鶯鶯只好說：「那就明天吧。」

我在心裡覺得，明天都有些晚了。好像時間不多了。什麼時間？這個念頭一冒出來，我就打了一個冷戰。

我開始在家裡準備聚會的東西。吃的，喝的，廚房裡的台子上擺滿了東西，客廳裡的桌子上堆積著流行的音樂光碟。當我在早上準備稍稍睡一會兒時，第一撥同學已經站在草坪上大喊我的名字了。

我朝自己臉上澆了一杯涼水，讓腦袋清醒起來，然後拉開房子的大門，對著同學們高喊：「歡迎！」

在這個聚會上，我們除了聽喜歡的音樂，吃自己想吃的東西外，我們中間還流行著幾組關鍵詞，我們的房子，我們的音樂，我們的草坪……

到了晚上，沒有一個人要離開我的家。大家都想一直待在這裡，躺在草坪上，哪怕不說話，一起看著無言的夜空。

就在晚上十點鐘時，客廳裡的電話不停地響起來。我們都在猜測，肯定是哪位同學的家長等急了，催自己的孩子早點回家。

沒有一個人表示要去接電話。我說，就讓它叫吧！同學們就說，就讓它叫吧！孟達走過去，把電話線拔掉了，對我說：「媽媽，我這樣做行嗎？」

我說：「兒子眞懂事。」

許多同學對我跟孟達之間的對話感到了吃驚。他們吃驚的理由是，十五歲的學生，竟然有人想當媽媽，有人甘願當兒子。

我對著這些可愛的布滿疑問的臉兒們說：「在我們自己的世界裡，什麼事都可以發生的。」

晚上十二點，草坪的上空突然間出現了好多根白色的羽毛。大家都瞪著眼睛，覺得這是夢中都難以見到的奇蹟。這是哪裡來的羽毛?它們要到哪裡去?它們也要參加我們的大聚會嗎?

我突然間想起一件讓自己激動不已的事，我們一共來了四十三位同學，天上有多少根羽毛吶?

我的想法還沒說出口，黑暗中響起鶯鶯的驚喜聲音：「你們快數天上的羽毛，一共四十三根!」

同學們都仰臉看著，嘴裡在數著天上飄浮著的羽毛。

四十三根。整整四十三根。

在這樣的夜晚，我們都能感到每個人興奮得漲紅了臉。就是因爲有了這樣年輕的臉，連黑夜都有了光澤。這就是奇蹟。

大人在現實世界的喊叫

「羽毛！你還在玩電腦？你玩了多久了？都兩個多小時了！有這麼不珍惜時間的孩子嗎？你再這樣玩下去，我就把電腦當破爛處理掉！」爸爸在門外喊叫。

我知道，模擬人生結束了。

我回到了現實，我照了照鏡子，看見自己本來就不出衆的臉上，出現了暗影和疲倦。我心裡明明白白，當一個人傾心做一件事的時候，就會忘我地投入，大膽地背叛過去。

我什麼都沒有了，沒有了自己的房子，沒有了草坪。它們在我的視野中消失，包括清爽的空氣。但是，我創造了一段生活，它給了我和我們這一代人都能感受到的幸福時光。

溫柔天才

溫柔天才

他們都在大談特談韋的時候，我根本就不知道有韋這麼個人。當發生了後面的事情之後，我才斷斷續續地回憶起這個叫韋的人來。

有好長一段時間，我都辨不清這件事的眞僞。人都有恍惚的時候。

我第一次見到他的地方是在馬路邊上。我當時正坐在馬路牙子（註：馬路邊上的台階。）上獨自一人在哭。照常理說，到了初中二年級的男生就要學會控制自己的眼淚了，可是，我無法抑止住它。事情的發生令我無法預料。下午自由活動時，同學們都在操場上練習自己的比賽項目，備戰一個月後的全校運動會。我從小學到現在，沒什麼體育專長。運動會上，我只能當觀衆。上初中一年級時，我的身體有了顯著變化。腿開始變長了，不是那種平庸的長，而是顯出了某種優勢。體育老師就跟我說，從你的身體條件看，你可以練一下跳高。體育老師說完，爲了證明他的判斷力是正確的，順手用鉛筆在牆上畫了一道記號，說，原地跳起來，摸一下那道印子，看看你的彈跳力。

我很輕鬆地就摸到了那道鉛筆印。體育老師說，行，你肯定行！你最好去練習背躍式。

體育老師一鼓動，我來勁了，馬上跑到練習跳高的場地。那裡已經有跳高的「元老」們在練習了。那幾個學生的面孔都讓我熟悉，因爲往年的跳高前幾名就是在這些人中產生的。

他們一個一個地練習時，我是插不上空的，但是，我太想試試了。當他們把橫杆升到一定的高度時，已經有好幾個人試跳都失敗了。我在他們身後把長褲子脫掉，只穿著一條短褲。他們中有人回頭看見了，說：「你也要跳嗎？」問我話的是個長相有些生猛的男生，他曾兩年獲得年級的跳高第一名，他好像一直都沒找到有力的競爭者。我叫他拉曼。拉曼是保留拳王金腰帶時間最短的重量級拳王。我爲自己在一瞬間能給這傢伙起了個恰如其分的綽號笑起來。

我說：「我想試試。」

拉曼看見我的笑容一定很不舒服。他把頭微微低著，所以，他用兩隻眼睛看我時，我只能看見拉曼的眼白。

我顧不上拉曼用什麼目光看我了，我只想跳。

我當時只記得自己的情緒有些激動，沒想到他們幾個在我做準備活動時，已經交換了眼神。

我助跑了幾步，用不標準的背躍式動作飛過了橫杆。我很興奮。在我的記憶中，這是我跳躍過的最高高度。

可想而知，我渾身的血液像酒精一樣都能燃燒了。我跟他們說，可不可以把橫杆再升高點。

我看見他們的臉上都有了說不清的表情。但是，還是有人把橫杆升高了。然後都站在那兒，看著我跳。

我馬上找到了一種體育明星的感覺。我又跳過去了。這一回，是我自己把橫杆升高了。這個高度，是一個讓他們都感到吃驚的高度。就在我一個助跑，單腳起跳，挺胸，收腹，面朝天空時，我就有了飛行的美妙感覺。這種感覺只有幾秒鐘，我的背被堅硬的地面撞擊了一下。不，是我的身體整個砸在了地面上。軟墊不知什麼時候被人抽走了。

這一切來得太突然，所以，我當時沒有想到傷心和落淚。十幾分鐘之後，傷心才像洪水氾濫一樣，淹沒了我的胸腔。我知道自己應該馬上找一個地方，讓胸腔裡的洪水變成眼淚排泄出來。我找到了人流很少的地方，一屁股坐在馬路牙子上，哭了。

這時候，我先從捂住臉的指縫間看見了一雙旅遊鞋，有人站在我面前。我不哭了。

韋當時就站在我的面前。

我想把淚臉躲避開他的注視，我把臉轉到一邊去了。他竟蹲在我的面前：「我叫韋。我昨天也坐在馬路牙子上哭過。」

我心裡很感動。他是用這種方式跟一個陌生人談傷心問題的。他很會安慰別人。這時候，我才注意到他的長相。韋的臉是那種很平庸的長相。這種長相的人，你永遠不會去關心他是否還能在你的生活中繼續出現。但是，他臉上左眉上方的疤痕很醒目地長在那裡。

「你也在馬路牙子上哭過？」

「這是我們男生傷心時最好的地方了。誰也不會理睬你，就像路邊上一輛爆胎的自行車。」

他把一個傷心的男生比喻成爆胎的自行車之後，我的傷心就無影無蹤了。這時候，他就走了。

這個叫韋的人就在我的生活中暫時地消失了。他出現得簡單，消失得也簡單。就像手裡拽著十幾個氣球，有一個不愼被扎破了，你還會沒完沒了地懷念它嗎？

一個月後，學校運動會召開了。我卻沒能如期參加，因爲我的後背不能著地，也就是說，根本不能碰，連睡覺都是趴著睡的。三個月後才得以恢復。

就在我去醫院做最後的身體檢查時，我遇見了一個人。我要說的是，當時這個看上去就要跨過中年年齡界限的人，讓我的判斷力出現了問題。他的兩隻眼睛清澈無比，不，這根本就不準確。直說吧，那是一雙非常非常年輕的眼睛，而且裡面藏著令人動心的溫柔的東西……

我坐在走廊裡的長椅子上，等著診斷結果。他叫我。我開始以爲他在叫別人，我也隨著他的目光回頭望去。但是，我的身後沒有人。我問他，你在叫我嗎？

他說：「你眞的認不出我了？」

我說，我眞的想不起你了。

他說：「我就變得這麼厲害？」

我實在是沒想起來。

他說：「我是韋。」

我記得，我當時一下子就從椅子上跳了起來，我是被嚇的。我說：「你是誰……」

他說：「我是韋。」

我想，我的兩條腿一定抖得很厲害，手裡拿著的可口可樂罐也在抖，並有暗紅色的液體從敞口處漾出來，順著我的手滴到了地上。

他說：「我眞的嚇著你了？」

我的嘴結巴起來，也由不得我不結巴：「你是……韋？」我看見他左眉上方的疤痕已經變成了一道衰老的皺紋了。

他點頭，但是，眼睛裡的憂傷也浮現了：「我想，我能好起來。」

我說：「發生了什麼事？你怎麼了？」

他把自己的臉背過去，像是在告訴我一件不值得一提的小事：「早老。」

我又問：「你剛才說什麼？」

「早老。」

「什麼是早老？」

就在這時，爸爸從醫生的屋子裡走出來，手裡拿著診斷書。爸爸的面孔看上去令人很舒服。他走到面前，用手扒拉一下我的頭髮：「沒事了。」

我跟著爸爸離開時，我腦袋裡很亂。我看見韋用一種羨慕的眼光追隨著我和爸爸。在醫院的大門口，我對爸爸說，等我一下，我要跟那個人說一句話。我順著長長的走廊跑到韋的面前。當時，韋正坐在長椅子上，垂著頭。他一看見我，臉上就有了笑容。我因為他裝出的笑容而難過。

我又問了一遍：「什麼是『早老』？」

韋停頓了一下，說：「在《簡明不列顛百科全書》第三三六頁上能看到。」在大街上，爸爸說，吃麥當勞？我說，不。爸爸又說，改吃西餐？我說，不。爸爸說，咱們得吃點什麼吧？

我說，不。

韋休學了。他只能休學。但是，韋不在學校裡出現，比他當初天天在學校出現時更能成為大家關注的焦點。

有時，韋出門幫家人上市場買些菜回家。但是，當人們知道他的實際年齡時，就開始尾隨他了。

韋的生活受到了大大的限制。

韋就只好長時間地待在家裡。據說，他滯留在鏡子面前的時間愈來愈久了。他在天天數著頭上日益變多的白頭髮，他在用手指撫摸著自己臉上的皺紋。但是，韋的媽媽說，韋卻在鏡子前做出各種各樣的微笑的表情。人家問她，你的兒子爲什麼會這樣？韋的媽媽說，我眞的搞不懂。

韋的爸爸每天上班下班，總能碰到一些人。這些人都用含蓄的口氣向他探詢韋的事情，想知道韋的近況。韋的爸爸一句話也不說，他不想說。大家都看得出來，韋的爸爸內心很痛苦。

有許多的人開始給韋打電話，韋家裡的電話成了熱線。給韋打過電話的人都說，韋的聲音非常非常年輕。

我從韋原來同學那裡，要來了韋家裡的電話號碼，猶豫了很久，給韋的家打了一個電話。是韋的媽媽接的，她用很輕的聲音說，你一個小時後再打過來，他現在睡覺了。

那時候，正是星期日上午十點鐘的時候，陽光和人都在忙碌著，而韋正在睡覺。我不理解，所以我又問韋的媽媽，他這個時候怎麼會睡覺？韋的媽媽說，對不起，他很累，他正在睡覺。說完，韋的媽媽就把電話掛上了。我問熟悉韋的人，他們都說，韋的身體遠遠不如從前了，他就像老人一樣，要經常性地睡覺，以補充精力的不足。

有一天，我終於打通了韋家裡的電話，他年輕的聲音就細細地傳了過來：「你是誰？」

我說了我的名字。

他在電話裡頓了一下：「我不記得了。」

我說：「我是那個爆了胎的自行車。」

他笑起來：「是你，你還哭嗎？」

韋一問這句話，我的鼻子就酸了。不是爲自己，而是爲他。韋在電話裡說：「告訴你一個好消息，我的頭髮已經開始變黑了。」

我說：「這眞的是一個好消息。」

後來，我才知道，在韋睡熟時韋的媽媽把韋的頭髮悄悄地染了一下，但是，又不能讓韋發現。

韋的媽媽和韋一樣，都想阻止韋的衰老。

這其間，我身邊的生活發生了一些變化，那個被我叫做拉曼的男生轉到我們班裡來了。爲什麼要轉到我們班上，傳聞很多。主要原因是他跟原來的班主任關係太緊張了。我們的班主任劉非也是男老師，起初拒不接受拉曼，但是，校長找到劉非談話，整整談了一夜，劉老師才鬆了口，同意拉曼轉到我們班。

拉曼天生就不是安分守己的學生，常常有學生到劉老師那裡告狀。那天，拉曼把一個男生的鼻梁骨差點打斷了，血從教室一直滴到了校醫務室。劉老師在教室裡找到拉曼時，拉曼正在椅子上抽菸。我看見劉老師的臉都氣白了。劉老師拚命克制著自己的情緒，對拉曼說：「你平時喜歡練練拳擊？」

拉曼的回答毫不含糊：「除了跳高，就是拳擊了。」

劉老師說：「我現在想陪你練練。」

全班同學都能看出來，劉老師想借這個機會，給拉曼一點教訓。

我把劉老師拉開了。我在拉劉老師的手時，能感到他全身在顫抖。劉老師不停地重複著一句話：「他太不像話了，太不像話了！」

我突然說了下面的話：「劉老師，沒事時，可以給韋打個電話。」

劉老師說：「爲什麼給韋打電話？」

我說：「聊聊。」

那天晚上，劉老師眞給韋打了電話，說了白天發生的事和當時自己的心情。韋一直在聽劉老師說，聽了十幾分鐘後，說了一句話：「他抽菸，是爲了要讓自己長大。」

第二天上午，劉老師見到我時，說了他跟韋通電話的內容。劉老師說，眞的挺奇怪，跟韋說完話後，我不生氣了。我在想自己跟學生的關係。

那天，有同學又看見拉曼在教室裡抽菸，就在走廊裡堵住劉老師告拉曼的狀。劉老師把韋說過的話重複了一遍：「他抽菸，是爲了要讓自己長大。」告狀的同學相當不理解劉老師的話和他對學生抽菸所持的態度。但是，讓人想不到的是，在教室裡的拉曼聽見這句話，竟然不再抽菸了。誰都覺著有點怪。

不久，我們都聽說韋有一天夜裡下樓時，摔斷了腿。他爲了躲避別人的目光，趁晚上沒人時才出門的。但是，他的骨頭已經像老人一樣疏鬆了，不小心就會出事了。從此，韋就很少再踏出家門了。

但是，韋有了很多的朋友。足不出戶卻有衆多朋友，不能不說是一件怪事。

就連很少跟我們男生說一句話的女生，都經常跟韋在電話裡聊天兒，而且聊很久。

有些女生把心裡的話都說給韋聽，她們跟韋說過的話，連她們的家人都不一定會聽到的。

那一天，劉老師從經常跟韋打電話的一位女生那裡得知了韋的生日，劉老師買了一個花籃，裡面裝滿了康乃馨，給韋送去了。韋不見，他說，怕嚇著大家。

韋說，你們在電話裡聽我的聲音會更好些吧。

劉老師只好對大家說，我們把花留下，都回去吧。

我要見到韋的迫切心情就像洪水一樣遏制不了。我在晚上去了韋的家，看見韋的家門前圍著許多人。

他們都是跟韋通過電話的人。人群中不只是學生。他們見不到韋，又不肯離去。我就是在那天晚上，認識了韋的鄰居，一個不太願意說話的老人。那老頭兒的頭髮只剩下屈指可數的幾根了。我們當時都圍著老人，都想從他的嘴裡知道更多關於韋的事情。

老人說，韋受了不少的皮肉之苦。韋的爸爸從韋很小的時候就打韋，希望韋能成才。但是，韋不願意做自己不願意做的事。韋的爸爸就經常打他，除了韋的臉上有挨打留下的疤痕外，韋的身上都是疤。韋的爸爸是世界上脾氣最壞的人了。韋真的是不幸啊！

我對老人說，我不相信你說的這些話。

老人說：「我是看著韋長大的。韋這麼大的時候我們就是鄰居。」老人用兩隻手比畫著一個生命的長度，那個長度比吃飯時使用的筷子長不了多少。

這時，一個高大的中年人拎著一大袋子吃的東西走過來了。老人說：「你們看見了吧，他就是韋的爸爸。他現在每天惟一做的事情，就是給韋買吃的。韋的頭髮比他爸爸的頭髮白多了。世界上的事不公平啊。」

韋的爸爸擔心有人看見他，在經過我們面前時，深深垂著自己的頭。我注意到這個高大男人的手，他的手跟他的粗壯身材一樣，又寬又厚。就是這雙手，讓韋的童年和少年飽嘗了皮肉之苦。但是，現在這個高大的男人駝著背，像是承受著重壓。他在上樓梯時，腳被絆了一下，手裡的東西滾了出來。

那天晚上，我仍舊沒有見到韋。我一個人在回家的路上，總想哭一場。但是，我又哭不出來。我就在大街上大叫了一聲，我把喊叫的聲音拉得很長，近乎歇斯底里，讓我自己都覺著不像是自己的聲音。

我每天總是坐在家裡的電話機旁邊，我想找人說話，或是聽別人傾訴。我知道自己渴望跟誰說話，我心裡非常地清楚。

我擔心自己的電話會影響韋的休息。他現在是一個老人了，常常坐在那裡就要閉上眼睛打個盹兒。

我還是撥了韋家的電話號碼。

跟韋通電話的時候，我用錄音機把韋的聲音錄了下來。我想保存住韋的聲音，那聲音是我聽到過的世界上最最溫柔的聲音了。一開始，我問了他許多無關緊要的事，比如，吃飯怎麼樣，能吃多少，消化吸收怎麼樣。我突然覺著自己問的問題很無聊。我的潛意識在警告我，這是在浪費韋的生命。

我說出了憋在心裡許久的話：「韋，你告訴我，你身上的溫柔是怎麼來的？我不理解。」

韋沒有回答。我等著。人類等待登上月球，不是也等了幾個世紀嗎？

韋說話了。不，只是哭泣。他平靜下來後，說，我不能回答這個問題。

我關了錄音機。

秋天時，城市的早晨卻降下一場奇怪的大霧。我們坐在教室裡時，都在談論著大霧。劉老師走了進來，對我們說：「他昨天晚上走了。」

好像霧氣從室外湧了進來，大家靜靜地呆住了。那霧湧動時，是有聲音的，絕對有聲音的。不然，我們在傾聽什麼呢？

先是女生哭起來的，然後有男生哭了。劉老師把臉轉了過去，不停地用袖子擦眼睛。我把錄音機拿出來，讓韋的聲音響起來。那聲音很溫柔，跟霧擁在了一起，走了。

拉曼在下課時，跟我說：「給我也錄一盤韋的聲音。」

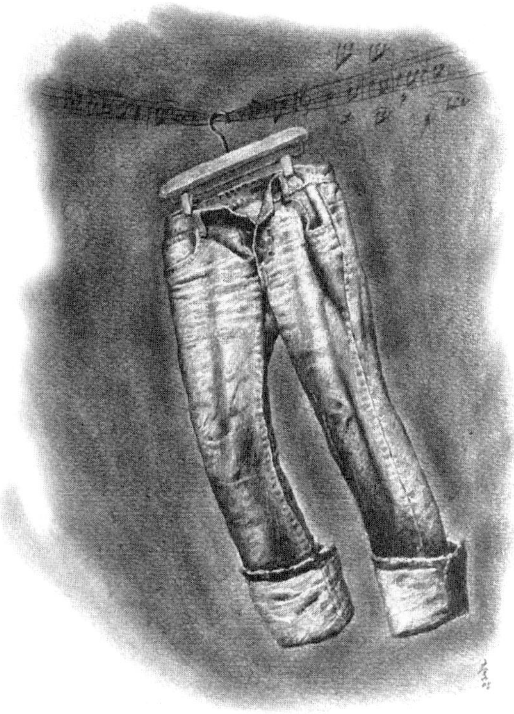

呼吸的牛仔褲

呼吸的牛仔褲

從最後的一場雪到大街兩旁的楊樹身上開始泛青，葉子和媽媽的談話中心都圍繞著如何救爸爸的生命。當然，她們的語言裡絕對遠離死亡。她和媽媽都知道，就在爸爸的生命的路上，有一個陷阱，她們想抱著爸爸已經變得很輕很輕的身體企圖繞過去，但是，就在這個夏天即將到來時，葉子徹底地明白了，她和媽媽，無論如何是跨越不了那個陷阱的。她們只能把爸爸留在那裡。所以說，那段日子是葉子不願意多想的。

媽媽讓葉子把肉粥端給爸爸時，總是先看看葉子的眼睛，看看兩隻眼睛是否剛剛被淚洗過，留下了痕跡沒有。葉子每次端著爸爸的飯走進爸爸的臥室時，心裡就忍不住酸起來。從廚房到爸爸的臥室，一共是十七步。她的心裡告訴自己，她想認認眞眞地走過這十七步。葉子就先在衛生間洗一下臉，不擦乾，帶著水珠走進爸爸的房間。爸爸看見葉子臉上濕漉漉的，就說道：「你擦乾了臉再去端飯，爸爸不著急吃飯的。」葉子心裡想，我的臉是擦不乾的。

爸爸沒病時，常常跟葉子鬥嘴。葉子也常常把爸爸當做家裡的頭一號敵人。葉子要想在爸爸身上取得決定性的勝利，說白了，要想在爸爸身上找到快樂，必須揚長避短。爸爸經常採用的是故事法，當著葉子的面先講一個聰明人的行爲，然後再講一個笨人的行爲，葉子覺得好笑時，爸爸就說，這個笨人原來有一個聽上去並不笨的名字，叫葉子。葉子就知道上當了。

葉子城府不深，馬上就要還以顏色，因爲她的目的性太強，爸爸不會輕易上當的。所以，在她沒有辦法時，就說一兩句英語，把爸爸比喻成豬或者是一種很醜陋的動物。爸爸不懂英語，就可笑地追在葉子的後面問，你剛才說的是什麼？媽媽在一旁知道兩人這種經常亮相的把戲，就說爸爸，葉子罵你吶，看把你幸福的。

受到女兒葉子的挖苦，爸爸的臉上果然就漾出了幸福。

葉子爸爸的個子很高，有一八〇公分，屬於那種健康的運動型身材。在葉子的記憶中，總有一幕是忘不掉的：爸爸坐在椅子上，把兩條腿伸平，讓當時很小的葉子踩在他的兩隻腳上，她的兩隻手被爸爸緊緊地握住。爸爸的兩條腿就像兩支發動機操作下的有力的槓桿，上下起伏，把葉子的身體舉到天上，驟然又降落到地上。當爸爸的兩條腿把葉子的身體送到了最高點時，常常會伴隨著葉子的尖叫。葉子的恐懼感是實實在在的，她最受不了的是，爸爸的兩條腿把她舉到天上時，在她的視野中，她的身體會高出爸爸那麼多，讓她感到會突然間脫離爸爸，不能返回。在那一瞬間過後，爸爸看見葉子的眼睛裡有了淚水，他以爲是嚇著葉子了，當爸爸安慰她時，她說，再來一次！這一回，她死死抓住爸爸的手指頭，就像大樹身上分出的枝杈，牢牢地長在了一起。

葉子上中學後，她的身材越發像爸爸了。當葉子的身高明顯地高出同齡女孩子時，媽媽說，葉子可不要再長了，長那麼高，以後找對象都難了。葉子就聽見爸爸說，不難不難，一點都不難。

爸爸行走的時候少了。家住在五樓，爸爸有病後，從樓下走到五樓，要歇息幾回。現在，從樓上下到樓下，也要歇腳幾次了。葉子在這個時候，總想攙扶爸爸，但是，爸爸不讓，他說，我行！在天上的雪若無其事地飄下來時，葉子看見爸爸就站在大街上，讓雪輕便地落在他的身上。爸爸好像是在等雪，也像是在等這一場雪之後的另一個溫暖些的季節。

那天，馬路上到處都堆積著殘雪時，爸爸突然提出想逛街，要帶葉子去，只帶葉子。葉子媽媽用很複雜的目光注視了一會兒葉子的爸爸，就對葉子說，攙著你爸，別讓他摔倒了。

葉子就說：「我爸爸不讓我攙著他。我一要攙他，他老是跟我說，我行！」走到大街上時，爸爸軟軟的腿差一點就讓他跌倒在殘雪裡了。這一次，爸爸把葉子的一隻手握在自己的手裡，並揣在自己褲子的口袋裡。因爲爸爸的身體虛弱，他的手心裡有汗。在兩個人還沒走進大商場時，葉子有時間在想像她和爸爸纏繞在一起的兩隻手。他的手是一隻小米老鼠，爸爸的手是一隻大米老鼠，小米老鼠要走到外面去，大米老鼠不放心，不讓牠走出能遮擋冷風的小屋子。

爸爸在商場裡問葉子：「什麼樣的衣服最結實？」

葉子說：「現在的人哪裡還有把結實當做購買衣服條件的。」

爸爸想了一會兒，就問葉子：「什麼樣的衣服又現代又結實？」

葉子就說：「沒有。」

爸爸固執地說：「有，肯定有。」

葉子原諒了爸爸的固執，就隨著爸爸。他去哪裡都行，只要爸爸願意。在一處叫做牛仔屋的年輕人服裝專賣店裡，爸爸不走了，葉子聽見爸爸說：「就是這裡。」葉子說：「這是年輕人來的地方，咱們到這裡不合適。」爸爸說：「你是中學生，很快就是年輕人了。」

葉子突然就明白了一件事，爸爸今天領她出來，是要給她買一件衣服的。她說：「爸爸，你知道我從來不穿牛仔服裝的。」

爸爸沒聽見葉子說什麼，他的眼睛從一排排牛仔裝上滑進，並喃喃自語，是好看，有朝氣，全是活力。

葉子的那隻手還被爸爸握著，躲在爸爸的褲兜兒裡。爸爸看上了一條磨白了的牛仔褲，然後對葉子說，去換衣室穿上試一試。

葉子說，我從來就不穿……但是，她後半句話被爸爸眼睛裡藏著的一種東西阻止住了。她從售貨員手裡接過了那條牛仔褲，進了換衣室。這條牛仔褲很寬鬆，讓葉子的兩條腿很自由地在褲腿裡晃蕩。她從換衣室裡走出來，讓爸爸看看。原來爸爸是站在掛著的一排衣服後面的，現在，葉子沒有看見爸爸站在那裡，而是坐在了一把椅子上。他看見葉子穿著那條牛仔褲出來時，眼睛裡就有了笑意，說道：「眞的很好看。」

葉子說：「有點肥，也有點長了。」

爸爸說：「葉子，你過來。」當葉子走近爸爸時，爸爸伸出手，把牛仔褲稍長的褲腳捲了上去，說了一句讓葉子怦然心動的話：「這條褲子，你可以穿很久的。」

從葉子陪伴爸爸逛商場回來不久，爸爸就經常性地躺在床上了。在爸爸去世之前的那幾天裡，一到葉子走進爸爸的卧室，爸爸總是說一句：「葉子又長高了。」葉子想，從躺倒人的視線裡，有很多東西都比原來要高出許多的。

有一天早上，葉子要出門上學時，去爸爸的房間跟躺在床上的爸爸告別，葉子感到爸爸的視線一直落在她的腿上。爸爸說，我想看看你穿牛仔褲的樣子。葉子就說，現在來不及了，我要去上學了，等我放學回來吧。

爸爸說，我等你回來。

在爸爸的告別式上，葉子穿著那條肥大的牛仔褲。有幾個同學也參加了這個令人心酸的儀式，她們是代表全班同學來安慰葉子的。她們的視線常常落在葉子的牛仔褲上，她們看見葉子穿著挽著褲腳的牛仔褲感到奇怪。

葉子一直低垂著頭在落淚，那淚珠就直直地跌落進挽著褲腳的皺褶裡。葉子覺得，那些流淌的淚是被爸爸接住後收藏了。

女同學晨宜挨近葉子說，你的牛仔褲太長了，你怎麼會穿著它？

葉子不說話，眼淚更加密集地落下來。

在少了爸爸的最初的日子裡，葉子和媽媽之間的話很少。家裡人談話最多的地方應該說是在餐桌上，愉快的和不愉快的話題都會隨著咀嚼消化掉。媽媽的話似乎很多，但是都很簡單，只會說些葉子早就聽到過的話，多吃點，葉子，你最近瘦了。一會兒又說，葉子，多吃點肉，你在長身體。媽媽的這種百般呵護，讓葉子有種感覺，媽媽嫌自己長得太慢了。

晚上看電視時，媽媽總是把遙控器遞給葉子，說，看什麼就自己調吧。葉子感到，媽媽是在用點點滴滴來證明，媽媽會照顧好自己的女兒的，會讓她盡快忘記失去親人的傷痛的。

葉子說，不看了，我想躺著。葉子一個人就回到自己的房間，關上門，倒在床上。但是，她的心沒倒下，不肯休息。她又走出自己的房間，挨屋走動起來。媽媽的目光就追著她，你想要什麼？找什麼東西嗎？我給你做點消夜吃？

葉子就說，我隨便走走，媽，別管我，你就看電視吧。葉子坐在媽媽和爸爸的床上，抬頭看著牆上的爸爸和媽媽的合影照片。在這面牆上，只有這張照片，所以它顯得很醒目。這也是爸爸留下的最最清晰的相片了。現在，葉子才感到爸爸是個非常英俊的男人，有神的眼睛，還有挺拔的鼻子，嘴唇有著分明的稜角。在爸爸身邊的媽媽，柔情似水地望著他，讓看到她的人只能聯想到幸福。

媽媽一個人坐在客廳裡不停地更換電視頻道。坐在房間的葉子聽到的電視聲音就完全是雜音了。媽媽常常會突然間關掉電視機，對葉子說，來，咱們倆下一會兒跳棋吧。葉子就走出來，把跳棋子擺好。當只下了十幾步之後，媽媽說，我睏了，我去睡了，你把棋子收了吧。

周末時，媽媽跟葉子說，今天咱們倆包餃子吃行嗎？葉子說，行啊，包餃子吃。媽媽就開始分工了，讓葉子剁餡，她和麵。葉子看見媽媽把麵剛剛倒進麵盆裡，又改變了計畫，媽媽又說，咱吃冷凍餃子吧？

葉子說，你不是最討厭冷凍餃子的餡嗎？

媽媽說，吃冷凍餃子省事。

把冷凍餃子煮熟了擺到桌子上時，葉子看見媽媽只勉強吃了五六個，就放下筷子。葉子就說，現在電影院正放美國大片《珍珠港》，都說好看，咱們也去看看吧？

媽媽說，非常好看？葉子說，聽同學們說非常好看。媽媽說了一句，反正待在家裡也沒事，看看電影也行。

葉子坐在電影院裡馬上就被另一種生活吸引住了。那裡面的音樂是誇張了的爆炸聲，在震耳欲聾的槍炮聲中，就是血和死亡。這些畫面讓葉子心驚肉跳，心都提到嗓子眼了，稍不留神，心就會蹦到椅子底下，找都找不到了。

葉子側臉看媽媽，發現媽媽在日本投放的飛機炸彈聲中睡著了。葉子在灰暗中，把自己的臉更近地貼向媽媽，就看見媽媽睡覺的姿態很不舒服，便把自己的肩膀朝媽媽靠了靠，把媽媽的頭輕輕搬了一下，讓她的頭靠在自己的肩膀上。不一會兒，葉子就感到肩膀上的某一處被浸濕了，她伸手摸了一下，是媽媽的嘴角流出的口水。葉子沒動，怕打攪了媽媽的睡眠。葉子不時地回頭看一眼媽媽，覺著此時此刻的媽媽，太像一個一歲之內的嬰兒了。就在這個時候，葉子想起了爸爸，她忍不住流出了眼淚。

那天，在葉子要走出門上學時，媽媽突然說道，葉子，你好像又長個兒了。葉子說，是嗎？又長了？葉子似乎不信，就轉身進了自己的屋子，把那條掛在櫃子裡的牛仔褲取出來，換上，看了看，果然，過去顯長的褲腳不用挽起多少了。葉子就說，我今天就穿著它上學去！想了想，她又脫掉了，把牛仔褲重新掛回到櫃子裡。

葉子發現媽媽的臥室裡少了東西是在一年之後。葉子坐在媽媽的床上時，只是覺得牆上有點空，還一下子想不到少了什麼。當發現少了那張爸爸和媽媽的合影時，也沒覺出有什麼不對的，她只是隨便地問了一句，媽，你和爸爸的照片吶？

當時，媽媽是面對著葉子的，聽見葉子這麼問時，媽媽就把臉有意無意地背過去了，說了一句，我收起來了！

葉子聽出媽媽是在故意使用一種輕描淡寫的口氣說的。這讓葉子不習慣，心裡也感到很不舒服。因爲有了不好的情緒，葉子下面的話就有了老師審查學生的味道了：「那張照片有問題嗎？」

媽媽說：「我不想老看著那張照片，一看到它，我心裡總是難過。」

葉子說：「我想看。」

媽媽卻說：「你今天想吃什麼？」

葉子說：「我想每天都能看見爸爸。」

媽媽說：「我今天在服裝城看見了一件適合你穿的衣服，很漂亮的。」

葉子說：「把爸爸的照片掛上。」

媽媽的臉色一下子就變得難看起來了：「行，那就把那張照片掛到你的房間裡吧。」

十分鐘之後，葉子就把爸爸和媽媽的合影掛到自己的房間裡了。在葉子安靜地注視著照片時，媽媽站在門口說：「我不知道你的壞情緒是怎麼來的。」

葉子不想說話，就拿起一張面巾紙去擦照片鏡框上的玻璃。她不停手地擦，擦了一遍又一遍。葉子知道媽媽就站在房間的門口，等著跟她說話。葉子想，你等吧，等一晚上我也不想說一句話了。

媽媽看出了葉子的用意，就轉身回自己房間了。媽媽一離開，葉子就不擦鏡框了，坐在床上悶悶不樂。

眞讓葉子生氣的是媽媽把自己的頭髮徹底地變了一個模樣，讓那天放學的葉子差一點沒認出媽媽。媽媽原來梳著普通的長髮，別人的媽媽也都梳著那樣的典型的媽媽式髮型。現在，媽媽不但把長髮剪得很短，而且染成了濃重的栗子色。

葉子氣呼呼地說：「媽，這是你這種年齡的人留的髮型嗎？」

媽媽說：「我自己喜歡。你說我該留什麼樣的髮型？」

葉子說：「原來的髮型怎麼啦？」

媽媽說：「我只想變個樣子。」

葉子說：「變什麼樣子？」

媽媽說：「當然是變年輕了。」

葉子接下去的話一下子就把兩人的距離拉開了：「過兩天家長會，你別去了。」

媽媽生氣了：「爲什麼？」

葉子說：「這還用問？我不喜歡你的頭髮！」

媽媽就用眼睛瞪著葉子，不知道該說什麼。開家長會時，媽媽還是去了葉子的學校，葉子看見媽媽，也沒說話，就像沒看見一樣。

天氣漸漸熱起來了。葉子就穿上了那條牛仔褲，她發現褲腳已不用挽起來了。就在那幾天，媽媽跟葉子商量一件事，說在這個周末家裡要來客人。葉子說，來就來吧。但是，媽媽重複了一句話，讓葉子一下子就感到不是那麼簡單的問題了，媽媽說：「葉子大了，有些事，我必須要跟你商量。」

葉子警惕地盯住媽媽的臉：「男人？」

媽媽點點頭。

葉子的語速很快，她的話像是發瘋似的衝向終點：「只有一個男人？」

媽媽說：「是。應該說是一個男客人。」

葉子說：「我在電視劇裡見過這種事，老調重彈。」

媽媽說：「生活跟電視劇是兩回事。」

葉子不再打算說一句話了。

媽媽說：「我希望你能對客人禮貌一些。」

葉子喊道：「我不！」

第二天該上課間操時，外面突然下起了大雨，同學們都堆在教室裡鬧。力氣最大的男生王占把手立在課桌上擺擂台，有幾個男生不服，跟王占扳了手腕之後，退到一邊去了。王占就把手晃起來，尋找挑戰者，男生沒人敢應，擔心在女生面前丟面子。葉子突然就站起來，坐到王占對面，握住王占那隻驕傲的亂晃的手。葉子的身旁馬上就積起了人堆。在有人喊了聲開始時，葉子猛地用兩隻手把措手不及的王占的手狠狠壓倒在桌子上。王占忍不住哎喲一聲。

葉子在衆目睽睽之下，回到自己的座位上坐下，把臉埋在胳膊上哭泣起來。葉子這一哭，讓大家都糊塗了。

王占揉著自己的手走過去，問：「我弄疼你了？」女生晨宜也走過去，坐在葉子身邊，用手拍著她：「怎麼了，葉子？」葉子說：「別理我，你讓我哭一會好嗎？」

王占沒見過這種事，放心不下，做了錯事一樣跑到外面，給葉子買了一根冰淇淋，舉到葉子面前。葉子只是痛快地哭，也不接王占手裡的冰淇淋，冰淇淋融化的奶油就流下來了。男生們就說：「王占，你自己就吃了吧，化了多可惜。」

到了上課鈴聲響了，王占還是不解地問旁邊的同學：「我剛才錯在哪兒了？」

周末，那個讓葉子想像了千百回的男客人沒來，葉子也不能問媽媽。媽媽也不說那個男人不來的原因。這情形就像是《珍珠港》裡的鏡頭，一枚炸彈插在地上，不響，但是，比響了更讓人揪心。葉子心裡非常清楚，這個男客人是她和媽媽之間關係極度緊張的主要原因。

天氣很熱了時，葉子堅持不換牛仔褲。每天，葉子從櫃子裡取下這條牛仔褲時，都能看見媽媽把葉子夏天穿的衣服一件件掛在了裡邊。葉子發現，在她的牛仔褲的旁邊，多了好幾件新衣服。

葉子只穿牛仔褲。她坐在教室裡上課時，不停地擦臉上的汗。晨宜說：「你怎麼老穿這條牛仔褲啊?多熱啊?你傻不傻呀?」

下了課時，葉子就一個人跑到沒人的樹下，用一把小刀，把牛仔褲的膝蓋處，割出兩個洞，讓風吹進去。葉子在大街上見過這種露洞的牛仔褲。同學們馬上就發現了葉子的牛仔褲上多了兩個透氣的鼻孔，但是，誰都當做沒看見。大家都覺得葉子的脾氣變得不可捉摸了。很怪。怪得讓人提心吊膽。

晚上，媽媽在廚房洗碗，水龍頭開得很大，水流嘩嘩地響。電話響了，葉子去接，是一個葉子從沒聽見過的男人聲音。葉子說，你找誰?那個男人說，你是葉子吧?

葉子一聽到對方知道自己的名字，就想到了那個始終沒有出現的男客人。她說了一句，你找的人沒在家！她把電話掛斷了。媽媽把頭從廚房門口露出來問，誰來的電話？

葉子說：「是騷擾電話！」

媽媽懷疑地審視著葉子的臉：「騷擾電話？」

葉子說：「對，是騷擾電話！」

葉子照舊在早晨穿上牛仔褲。每天在觀察葉子的媽媽終於用哀求的口氣說話了：「葉子，換上裙子吧，我求你了！別跟媽媽生氣了！」

葉子就像沒聽見一樣，推開門就走了。媽媽就站到陽台上，目送她很久。事情的變化是在一天的深夜。葉子起床去衛生間時，卻看見媽媽站在客廳的中央伸胳膊蹬腿，並不時用一條毛巾擦臉上的汗。葉子看出媽媽是在做學生廣播操，做得不標準，很生硬，也很難看。

葉子覺得奇怪，媽媽不睡覺，深更半夜做什麼廣播操啊？當她順著媽媽的臉朝下望時，看見媽媽的腿上穿著她的那條快洗白了的牛仔褲。

葉子說：「媽，你穿我的牛仔褲……幹什麼？」

媽媽說：「我只想知道，你穿著這條牛仔褲有多熱。」

聽見媽媽這句話，葉子感到身上一下子就沒了力氣。就像是一個原本鼓脹的皮球，被鋒利的東西劃了一下，氣都漏掉了。

第二天，媽媽和葉子都起來晚了，匆匆忙忙擠到窄小的衛生間裡刷牙洗臉。她們相互看了一眼對方，發現對方的眼睛都陷了進去，眼眶周圍都有些發暗。媽媽突然覺得站在她身後的葉子沒了動靜，就回頭看。她看見葉子用那種很不一般的目光盯住她的頭。媽媽想起了什麼，臉上掛著歉意說：「你不喜歡，我就不再染了。」

葉子說：「栗子色有些褪了，你該再染一下的。」

葉子看見媽媽把臉背了過去，垂著頭，爲了掩飾什麼，不停地朝眼睛上撩水。葉子就把手伸出去，搭在媽媽微微抽動的背上。

雞骨架青苞米土豆泥

雞骨架青苞米土豆泥

我上完課，就匆匆忙忙趕去學舞蹈。每次在太陽掉到高大的海景大樓的身後，我才能走到小區的門口，結束一天的生活。我看見睜不開眼睛的呂爺爺坐在一把斷了一條腿的木椅上對我說：葦子，你媽媽和爸爸都在這兒等你好半天了。

有好幾次，我看見呂爺爺閉著眼睛坐在椅子上，手裡的一張過期的舊報紙搭在腿上，像是睡著了。我就繞過去，就在我同他交臂而過時，呂爺爺開口說話了：回來了？嚇我一跳。呂爺爺說了這句話，就開始啃一隻雞骨架。我曾經問過呂爺爺，爲什麼不啃雞肉，偏要啃沒肉的雞骨架？

呂爺爺說，它便宜，又好吃。再說，啃它可以練練牙齒。

我覺得呂爺爺的行爲很好笑。

我跟大多數女孩子在四年級瘋狂地迷戀舞蹈的時候，爸爸所在的大廠經濟狀況正處於騰雲駕霧的時期。在這座城市生活的人都知道這家工廠，但是，人們都不叫它的名字，只要提一下大廠，人們就知道說的是龍踞廠了。我曾經在一篇作文裡讚美過大廠，受到過語文老師的表揚，說我寫得大氣，讓他想起了多少年前有人為長江撰寫的電視片解說詞。語文老師一表揚，我的汗像蛇一樣悄悄地從汗毛孔裡爬出來。我只能承認，那個愛激動的語文老師是個博覽群書的好老師，他一下子就用鋒利的刀剁在我的血脈上了。我當時寫這篇作文時，右手捏著鋼筆，左手正不停地翻動著長江電視片的解說詞。老師還沒表揚完我，我的同桌大聲問我：葦子，你在幹什麼？惹得所有的人都把頭轉向了我。當時，我正把一塊橡皮擦塞進嘴裡咀嚼，同桌的男生嚇得大喊大叫時，我正把嚼碎的橡皮碎屑吐在桌面上。語文老師走過來關心地問我：葦子，你怎麼了？發生了什麼事？我這才認眞地盯住被我嚼碎的橡皮屑。我在羞愧的鋼絲上漫步，做了連自己也不知道的傻事。

因為我在電視台辦的舞蹈班學習，就可能有機會在電視台舉辦的文藝節目中登台亮相。有一年的時間，我都在等待一個機會，等待一個正式上台的瞬間。但是，舞蹈老師在點名挑選爲當晚演出的歌唱演員伴舞的小演員時，她的眼睛始終沒有在我的臉上停留過哪怕只有三秒鐘的時間。我落選後的心情是很壞的，回到家後就不吃飯，跟爸爸和媽媽說話時，口氣裡就摻了火藥，不燃也嗆人。最後就變得愛摔東西了。我記得第一次摔了自己的文具盒時，裡面的東西散了一地，爸爸和媽媽的頭都驚得一同擠在我房間的門口。我有壞心情的時候，根本不解釋，只是使用肢體語言表達。舞蹈老師再三對我們說，什麼是舞蹈？就是一個演員必須忘掉自己的嘴巴，讓自己的身體說話！

第一次摔東西之後的某一天，媽媽回憶起這件事時，我就把舞蹈老師的話重複了一遍，說得爸爸和媽媽直發怔。爸爸在琢磨了半天之後，說了一句話：別說，葦子學舞蹈，還眞正學到了些知識。

媽媽曾經提醒過爸爸：想讓葦子登台，要想想辦法的。

爸爸苦惱地說：我一個工廠的司機，跟電視台舞蹈班的老師會有什麼法子想？爸爸的話，讓我和媽媽心情都灰得見不到陽光。

爸爸是廠長的司機，廠長的司機就是廠長的影子。廠長到了哪裡，爸爸就跟到哪裡。這樣一說，爸爸就沒有休息日子。因爲廠長沒有星期天。那些年，我們家的飲料和零食都是別人送的，不，是別人送給廠長，廠長轉手送給爸爸的。爸爸把這些東西從小車的後備廂（註：行李廂）裡拿出來，往樓上扛的時候，經常吹著口哨，吹得很好聽，是一首很有名的曲子，叫「茉莉花」。

我終於等來了登台的機會。那是爸爸的廠長去南方出差，爸爸就閒下來了。晚上我去學舞蹈，爸爸破天荒第一次開著小車去接我。我跟在舞蹈老師後邊朝外走時，爸爸的小車很氣派地停在大門口。舞蹈老師還問了一句，這是誰的小車，這麼漂亮？

我看見爸爸打開了車門朝我擺手，並大聲地問我：葦子，這是你們的舞蹈老師吧？我跟舞蹈老師說：這是我爸爸！

爸爸立即說道：老師上車，我和葦子先送老師回家。我看見舞蹈老師感激地說：太客氣了，不好意思。

爸爸把廠長經常坐的位子旁的車門打開，對舞蹈老師說：坐這裡，這裡安全。

舞蹈老師的家住在城市的西頭，我家在東邊，一個來回就是一個小時，坐在車裡，舞蹈老師不說話，一直把臉扭到車窗外邊。我看著她的側影，感覺那是我見過的女性裡最最漂亮的側影了。在舞蹈老師家門口停下車時，舞蹈老師還在說那句話：真的不好意思，太麻煩你了。爸爸說：別說麻煩，葦子跟您學舞蹈才是麻煩吶。車裡只剩下我和爸爸時，我埋怨爸爸：跟舞蹈老師坐了那麼久的車，你怎麼不說話？

爸爸說：你們舞蹈老師是搞藝術的，她看不起司機的。再說，我怕說外行話，讓你們舞蹈老師笑話。

第二天晚上學完舞蹈出來時，爸爸又等在外面了。爸爸對舞蹈老師說：我們廠長出差了，我這幾天的工作就是負責接送老師了！

我抬頭看看舞蹈老師的臉，又是側影，一個高傲的側影。老師轉過身，正面對著我，用手摸著我的頭，跟爸爸說：葦子學舞蹈很刻苦，也算有悟性。

這一次，當我們三個人坐進小車時，爸爸就用口哨吹起了「茉莉花」。不是我恭維爸爸，他吹得很棒，讓人一下子能從他的口哨裡嗅到南方茉莉花的花香，還能看見大片大片的白色茉莉花盛開著。我看見舞蹈老師把她臨窗眺望的側影微微轉了過來，把她的眼光灑向了開車的爸爸。爸爸很動人地吹完了口哨之後，像是突然間想起了什麼，很謙虛地說道：對不起對不起，搞藝術的老師就坐在我身後，我竟然還敢張嘴吹歌。

舞蹈老師說：你哼得很不錯。

她沒用吹這一字眼，而是用了一個哼字。吹字顯得很不雅。我覺得舞蹈老師又是一個很嚴謹的老師。

兩個星期之後的一天，舞蹈老師在挑選一場晚會的伴舞演員時，是從三十多名學員中挑的，只挑十二名。點了十一個人名之後，我已經絕望地把頭抬起來看著高高的灰蒙蒙的屋頂了。

葦子！

舞蹈老師說了我的名字，我渾身竟然被電流擊中了一樣，抖了一下。然後，眼淚就沖進了眼眶。

那天回家之後，我開始主動打掃衛生，把拖布洗乾淨，然後擦每一間屋子的地。當時就把爸爸和媽媽驚得夠嗆，媽媽說：葦子，今天老師要來家裡檢查學生在家裡的表現嗎？

我說：媽媽爲什麼這樣說？

爸爸接了一句話：葦子，你長了這麼大，第一次看見你主動擦地！

我說：擦地的話，從今往後就交給我了。

媽媽說：擦地是要每天擦的。

我說：除了擦地的話，還有其他的活嗎？

爸爸說：你只要堅持把擦地的活幹下去，爸爸和媽媽就算是享福了。

這一回，輪到我吃驚了，你們也太小看我了，我在家裡能擦地你們就算是享福了，我如果給你們天天捶背，你們會怎麼想？

爸爸說：我們會怎麼想？我是不敢想，不知道你媽膽子有多大，敢不敢乍著膽子想。

我說：我請你們把膽子弄大點，大著膽子多想想。

媽媽說：葦子這麼鼓勵我，我還是不敢想。

那是我第一次登台，爲一個紅得發紫的港台女歌星伴舞。她穿著一件猩紅色的拖地長裙，就在我和她橫向換位時，我踩了她的裙子，她的身體朝前踉蹌了幾步，差一點絆倒，但是，她的嘴不好用了，差不多跑了兩句的調，好容易在第三句把調追回來了，台下已經是噓聲一片了。

我看見我的舞蹈老師在舞台的側面，用手拍自己的腦門。她很惱火。事後，我才知道，她最最後悔的是讓我登台演出了。

第二天爸爸接到了一個電話，是舞蹈老師打來的，告訴爸爸，葦子不適合學舞蹈，說我缺少跳舞的天賦。

爸爸握著電話聽筒，沉吟了半天，說：能不能讓葦子再學兩個月？

舞蹈老師問：再學兩個有什麼特殊意義嗎？

爸爸用可憐兮兮的聲調說：我們鄰居都知道葦子上電視了，也知道葦子是學舞蹈的，一下子不讓孩子學了，她會受不了的。

舞蹈老師非常客氣地說：說實話，葦子幹點別的可能更有助於她的發展。

我的舞蹈生涯在還沒上完四年級時就徹底地結束了。那天，爸爸和媽媽在客廳裡看電視，一個香港歌星用不標準的普通話很彆扭地唱歌，而且還對著觀眾說話，說一些我聽了千百回的話，嘴巴裡像咬著一塊嚼不爛的牛肉，咕嚕咕嚕的，然後又開始唱。媽媽說：哎，老葦你看，這歌星的裙子跟葦子伴過舞的那個歌星的裙子一模一樣。

我端著一杯可口可樂走出房間，把杯子裡黑紅色的液體潑在了電視屏幕上，然後進了自己的房間。

我聽見爸爸對媽媽說：不讓你提香港歌星，你老是提，這事很刺激葦子，你不是不知道。

當我再走出房間時，我看見爸爸正用一塊布擦電視屏幕。我說：以後別提香港歌星！

媽媽說：不提。爸爸也說：不提。

我上五年級的那年秋天，我看見呂爺爺坐在樓下的斷了腿的椅子上在啃一根青苞米（註：玉米）。那根青苞米從我早晨上學到晚上放學回來，呂爺爺一直在堅持不懈地啃著它。

我說：呂爺爺，還沒啃完啊？

呂爺爺說：沒牙了。

我就說：沒牙就別啃了！

呂爺爺衝我張開了空洞無物的大嘴巴，讓我看。他還說：裡面還藏著一顆牙吶！

我看見在他的嘴裡，在幾十顆青苞米粒中間，露出一顆瘦瘦的牙齒。我說：呂爺爺，你已經嚼不爛青苞米了！

呂爺爺說：我知道，我是在練練牙齒。

那天晚上，我看見一個東西立在我面前，似曾相識。我驚愕地問：你是誰？它說：我是呂爺爺嘴巴裡的那顆牙齒。我說：你來到我屋子裡幹什麼？那顆牙齒說：我只能來找你，因爲只有你認識我。我被嚇醒了。

爸爸他們的大廠突然就不行了。最明顯的是，大廠的廠長連自己的小車都賣了還債了。爸爸無車可開，就閒著，閒得很難受。媽媽是大廠下面的一個服裝小廠，它靠給大廠的工人生產工作服活著，大廠一倒閉，小廠的經濟來源就徹底斷了。媽媽就開始做鐘點工，而且是背著我做的。很長時間後，我才知道媽媽已經是這座城市裡的一名鐘點工了。

爸爸已經不習慣走路了，他只習慣自己的腳下有車軲轆。沒有了四個小輪子的小汽車開，他就換了一輛自行車騎。他整日在家閒待著，就說：我從明天開始，騎車接送葦子上學放學了。

我說：不用。

爸爸說：你就別客氣了。

第二天，我從家裡下樓準備上學時，看見爸爸把自行車擦得很乾淨，對我說：來，我送你上學。

我說：我都跟你說過了，不用！

爸爸說：你客氣什麼？坐公共汽車要花錢買票的，爸爸送你，就把車票錢省了。

我說：不用。

我一個人朝公共汽車站走，爸爸就固執地跟在我身後，說：我送你多好。

我快到車站時，回頭大叫了一聲：別跟著我，還不夠丟人？

爸爸一下子就站住了。我擠上了公共汽車，還看見爸爸一個人手扶著自行車在那裡發呆。

我的零花錢大大地減少了。

放學後，我參加的是英語補習班和數學補習班。因爲同學們都在爲自己加壓，爲了在班級裡有個出色的成績，也爲了漫長的明天。所以，在那幾年，我一刻都無法放鬆。

爸爸的大廠被一些極待發展的外來的小廠分割了，大大的廠區，突然就變成無數個小廠了。原來那麼高大氣派的大門上，竟然懸掛著十幾個廠子的名字。

在我上初中時，爸爸給不同的人打工，先是開出租車。爸爸正開著出租車行駛在路上時，油箱突然間起火了。出租車裡又沒有配備滅火器，等爸爸截下一輛有滅火器的大卡車，舉著滅火器跑向那輛出租車時，出租車已經變成了焦黑的廢鐵架。那次著火之後，爸爸有一個月沒有說話，整日坐在電視機前看動畫片。我說：爸，動畫片好看嗎？連我這種年齡的人都在兩年前告別動畫片了。

爸爸不回答我的話，仍舊固執地坐在那裡，把動畫片看完。

有一天，我想起這件事，還問媽媽：爸爸怎麼了，爲什麼愛看動畫片了？媽媽的回答出乎我的意料：因爲你爸爸不願意看反映現實生活的電視劇，每次看完這類東西，他的心情就不好，觸到他的疼處了。

秋天時，我發現爸爸不穿那件漂亮的義大利皮衣了。那件皮衣還是爸爸給大廠的廠長開車時，廠長去義大利旅遊，給爸爸帶回來的。我還跟同學提起過這件漂亮的義大利皮衣，我當時的口氣中充滿了炫耀。

當那個該穿皮衣的季節快要過去了時，我才知道爸爸早把那件皮衣賣掉了，爲了補償燒毀的出租車帶來的虧空。

冬天中午的太陽光顯得十分的珍貴。就在中午時刻，陽光才路過這裡。裏著很厚棉衣服的呂爺爺還坐在那把斷腿的椅子上，他在曬太陽。我看見他時，他正把一個帶蓋的大缸子從懷裡掏出來，用一只小勺子挖裡邊的東西送到嘴裡。

我站著不動，看著呂爺爺把嘴巴裡的東西嚥下去後，我好奇地挨近他。呂爺爺一直閉著眼睛，這時候說話了：是葦子吧？

我說：是我。

呂爺爺說：你想知道我吃的是什麼吧？

我點點頭。

呂爺爺把鐵缸子蓋打開，說：是土豆泥。

我說：呂爺爺沒牙齒了，所以才吃土豆泥的，對吧？呂爺爺不敢把嘴張開讓我看！

呂爺爺說：不對，我有牙。說著，呂爺爺從口袋裡掏出一個紙包，慢慢騰騰地展開，就在這張揉皺的紙的上面，躺著一顆牙齒。

我心裡難過地說：呂爺爺確實有牙齒。

爸爸又突然找到了一份工作，是受雇於一家私營企業，給老闆的家屬開車。有了工作，爸爸就振作起來了。爸爸回家時還曾經高興地說：私營企業老闆的車更漂亮，他家屬的車也很漂亮。爸爸還說，老闆老婆手指頭上的一枚鑽石，就是我們家的整個家產。爸爸還特意提起過老闆老婆爲人和氣，從不大聲對人說話。

爸爸說，說話這麼和氣的女人是不多見的。話裡話外流露出讚賞。

但是，就是這個和氣的女人，打了爸爸一個大耳光。原因是老闆的小兒子還沒鑽進車裡時，爸爸就把車門關上了。車門咬住了老闆小兒子的衣服。爸爸當時就被這個和氣的女人打傻了，他絕對沒有想到會這樣。

爸爸決定打官司。整整打了一年的官司，爸爸輸了。爸爸還說，打在他臉上的那記耳光，讓他現在還能感覺到疼。

我感覺那一年的冬季很長，在三月時，又意外地落了一場雪。一天，我從學校回家，路過小區的大門時，又看見呂爺爺坐在那把斷腿的椅子上。當時，天上還飄著零星的雪花，阻礙了我的視線。我走近時，就叫了一聲呂爺爺。呂爺爺正垂著頭打瞌睡。我又叫了一聲，他醒了。當他抬起頭來時，我發現是爸爸。

原來，呂爺爺在這個冬季還沒過完時，就悄然無聲地走了。我一點都不知道。現在，爸爸鬼使神差坐在了這把斷腿的椅子上了。這種感覺有些驚心動魄。

我突然說不出話來。等心裡泛出來的酸楚的東西被我平息下去之後，我說：爸，天多冷啊，咱們回家！

爸爸說：春天的雪不冷的。

當我們這種年齡的男生女生正流行著關心著喊叫著自己如何健康成長的時候，我卻發現自己的爸爸提前衰老了。

在學校裡，我向很親近的同學忍不住說出我的發現，不管我當時敘述得多麼激動，多麼傷感，他們都顯得無動於衷。真的，大多數同學都無動於衷。

黃金周末

黃金周末

公園爲了搞一個跟我們毫無關係的活動，硬邦邦地在公園的大門口擺了半圈塑膠花。我們三個女生是買了門票走進大門之後才看見的。容易衝動的凡凡動手抽了假花一掌，那塑膠花搖了幾下，毫髮未傷。

凡凡說，這個周末的第一眼看見的是假花，多不幸啊。聽見她這麼一說，我和蔡小梅就眞的覺得不幸了。蔡小梅是容易受到別人影響的人，見凡凡對塑膠花提出了批評，也就對那些塑膠花表示出不滿來。初二的學生有了許多的變化。比如說，有個眉淸目秀的接近書本上描繪的天使一樣的男生，在度過一個寒假之後，嘴唇的上方就長出了淡淡的髫鬚，這讓我們女生在背後就有了諸多的複雜議論，蔡小梅說，不幸不幸，眞的太不幸了，純淨的湖泊被汙染了。凡凡說，不對吧，這個比喻太幼稚了。我馬上用眼睛盯住凡凡看。我一貫欣賞凡凡脫口而出的話，哪怕凡凡的話有些離譜，我也喜歡。

凡凡說，我覺得初中男生的雄性特徵生長得太曖昧了，有些羞澀，畏首畏尾的，好像缺少陽光和養料。

我哈哈地笑起來。

在公園的角落裡，有一個供兩人坐的脫落了綠色油漆的木椅子，我們三個瘦瘦的女生擠在一起，就顯得熱情而親切了。這是我們三個人經常坐的地方。而且，經過我們的細心觀察，這裡屬於公園裡最背的角落，很少有人來。上個周末是個陰雨連綿的日子，我們三個坐在樹下，靠著柳樹的遮擋，讓點滴的水珠落在我們身上，享受著那份涼爽。天晴了時，我們在舊木椅子的前面，赤腳在泥濘的地上各自印了一雙腳印，說等到下個周末來時，看看腳印還在不在，如果還在，沒有被踐踏，就說明這個地方不會輕易來人的。結果，一個星期之後，三雙腳印果然還清晰地排在舊木椅子的前面，就像是三份調皮的作業。

頭上的柳條垂掛下來，在我們面前飄盪著，盯久了，那些柳枝就像是晃動起來的畫布上的虛線了。一根柳條上，還繫著一個黑色的髮束，那是上個周末，我從頭上解下來繫上去的。凡凡看見我的黑色髮束還在，就說，這裡沒人來坐啊。說著，她就從頭上取下了銀白色的髮夾，把它別在了我的黑色髮束上。蔡小梅說，這麼漂亮的髮夾讓人看見了，肯定會被拿走的。

凡凡說，如果有人拿走了，我們就不在這裡坐了，我們就換一個地方。

凡凡的銀白色髮夾別在我的黑色髮束上很醒目，有好長一段時間，它吸引了我們三個人的目光。我覺得我們是用不經意的方式，做了一件對以後無法做出預測的事，就像書攤上流行的懸疑小說，處處是伏筆，處處會節外生枝。

我的外號叫哈哈。怎麼叫起來的，無法知道。凡是外號跟這個人的特徵極爲相似的時候，外號都不用買車票，就會遊遍每一個地方。起初，我對自己有了這個外號還抗議了一陣子，結果適得其反，我越是抗議，大家就越是記憶深刻。我這才知道，我的認眞抗議引起了重複播送廣告的作用。我不善於表達，但是，哈哈的笑聲總是能搶在別人前邊，用凡凡的話說，哈哈雖然不說話，卻是最早就能表白自己立場的人。

在這個舊木椅子上，我們三個人的話題是漫無邊際的，就像是過時了的意識流小說，隨意而自在。

我們三個人的搭配有點意思，不然，也不會玩了兩年了仍舊不散夥。中學裡女生們交友時從來就沒有標準，全憑感覺。今天還摟脖子抱腰的，明天突然就穿上了盔甲，把對方罵個狗血噴頭。蔡小梅漂亮，凡凡有氣質，我不漂亮也談不上有氣質，是屬於生活在百分之九十的人堆裡的。論學習成績，凡凡最好，蔡小梅次之，我是被老師天天鼓勵的人。我是在某一天，才理清楚這個道理的，在中學的生活裡，凡凡和蔡小梅都非常非常地需要我。

說白了，她們都需要哈哈。

我們每人吃了一個麵包。在這把舊木椅子上，我們總是吃一個麵包度過飢餓的中午的，然後在下午兩點左右，每人再吃一份冰淇淋。當斜斜的陽光照在木椅的腿上時，我們就回家了。

現在時間還早，我們的話題就無意間又跳到了「汙染的湖泊」上了。我們都不提那個男生的名字，覺得使用這個比喻更令人舒服。蔡小梅說，他長得太像一個演員了，比那個演員還像那個演員。

凡凡說，我眞的搞不懂，我的考試分數老是落後他三分。

我在這個時候哈哈起來。我覺得凡凡和蔡小梅都太在意「汙染的湖泊」了。

你哈哈什麼？凡凡和蔡小梅警覺地盯住我看。我無法表達自己的感覺，所以找不到解釋的途徑。十幾秒鐘之後，凡凡和蔡小梅對視了一下，想到了我哈哈的原因，就都緊張了起來。凡凡對我說，我不喜歡你太成熟。

我說，我成熟？我怎麼不知道？我的哈哈都不一樣了？

蔡小梅說，不一樣，就是不一樣。

我哈哈起來。

凡凡說，你又怎麼了？

我說，我剛才笑笑，就把你們緊張成這樣了。

我們三個人只有蔡小梅戴著手表。現在的女生都不戴手表了，寧肯在手腕上纏繞著數條怪模怪樣的手鏈，也不想有時間觀念。蔡小梅說，我的手表很漂亮。她必須戴手表，她的爸爸和媽媽對她很放鬆，就是要求她有時間觀念。

蔡小梅看了看柳條上的黑髮束和銀白色髮夾，就說，上面就缺我的東西了，我就把手表拴在上面吧。我們三個就都有東西留在這個地方了。我看看凡凡，我覺得她是應該反對的，可是，凡凡並沒有異議，卻覺得這是一個很精采的故事開頭。

於是，柳條上又多了一只廉價而花稍的手表。我們三個離開公園的舊木椅子時，我聽見凡凡說了一句，有意思！

那時候，我還沒覺得這一切能有什麼意思。

除了周末，我們三個人和全中國的中學生一樣，都把神經像發條一樣擰緊了，上課，擠公共汽車，做作業，考試，每一門課的老師任意指點著你的未來，在通往未來的那條路上，你我他相互擁擠著，流著汗，也流著眼淚。我們都能聽見自己的神經發條發出的咯吱咯吱的聲音，在臨近周末時，發條會嘆息一聲，睡著了。

凡凡有點雞胸，這簡直要了她的命，同時，也要了凡凡媽媽的命。她媽媽說，改變雞胸的最有效的辦法是游泳，尤其是採用蛙泳的姿勢。凡凡就一個星期游兩次，每次兩個小時。因爲白天上課，她只能選擇晚間游泳了。凡凡的家離游泳館有六七站的路，常常是她爸爸接。爸爸不在，就媽媽接，都不在時，凡凡就打電話給我，讓我去接。這種事，她不找蔡小梅，她很習慣找我。我就去接凡凡，把她接回家，我再步行回家。我覺得凡凡在那個時候很需要我，我很重要。所以，我從來不去想想，自己到家後，總是在幾分鐘之後，接到凡凡的電話，你到家了嗎？我說，到了。凡凡就說，那我就放心了。

這種簡短的對話也讓我溫暖。這是一種可以回憶的感覺。爲了這種感覺，我從來不在凡凡和蔡小梅面前提起自己在夜裡曾被人跟蹤的事。我跟自己的爸爸和媽媽也不說這件事，一旦說了，我就不可能在夜間出門了。

周末來到公園的舊木椅子跟前時，我們驚奇地看見，柳條上的三件東西一樣都不少。凡凡說，手表應該被男生拿走啊，他們看不見嗎？粉色的表帶多醒目啊，只要抬起頭來就能看見的，難道現在的人都低著頭撿錢嗎？蔡小梅說，凡凡的髮夾應該被女生拿走啊，多有品味的髮夾啊！我說，我的黑髮束肯定沒人拿走的。誰會拿走一個用舊的黑色髮束呢？

聽見我說了這句話後，凡凡和蔡小梅都不吭聲，默認了這個事實。這時，我的心裡就有了一絲絲的傷痛。那是一種初次體驗被人遺忘的感覺。那次離開公園之前，三個人把黑色髮束、手表、髮夾重新拴牢了，怕它們掉落下來。

但是，我們都希望有人把它們拿走，都希望自己的那件東西被人像果實一樣摘下。

晚上八點多鐘時，有人給我們家打電話，爸爸跟我說，你的。我想了想，今天不是凡凡游泳的日子，是用不著我出門接她的。一拿起電話時，那頭就傳來蔡小梅心急火燎的聲音：我說哈哈，你接電話怎麼這樣慢？急死我了！

我問她，發生什麼事了？

蔡小梅說，我爸爸和媽媽今天晚飯前對我的房間搞突然襲擊，讓我把跟學習無關的東西全部交出來，一點都不能剩下。這一回，他們動真格的了。我今天一放學就有預感，多了個心眼，把我最喜歡的光碟和圖書都裝在一個大塑膠袋子裡，吊在了陽台外面。天一亮，爸爸和媽媽要是站在樓外就能發現的。你現在趕過來，站在我家的樓下，我把東西扔給你。你先替我保管著。你快點過來，越快越好！最好打的（註：指坐計程車。）過來！

我出門前，向爸爸要錢，爸爸說，出事了？我說，我的好朋友出了點事，我要趕過去看看。爸爸說，我陪你去吧？我忙說不用。

我乘坐的出租車還沒到蔡小梅家的樓下，就看見她家的陽台上有手電筒的光束斜斜地射下來，亂晃。我知道，那是蔡小梅不便在陽台上喊叫，改用手電筒跟我聯絡。我從出租車上跳了下來，就朝蔡小梅家的樓下跑，剛剛站在陽台下邊，就從上邊掉下一個黑乎乎的東西。那東西飛下來的速度太快，我還沒來得及伸出手去接，那袋東西已經落在我的臉上了，不，是砸在我臉上了。

我坐在了地上。我還沒睜開眼睛時，就聽見蔡小梅用壓低的聲音說，拿了東西快走。

我在地上坐了有兩分鐘的時間，想讓自己清醒過來。我伸出手摸到了那袋子東西，拎在手上，從地上站了起來，覺得鼻子很疼，一摸，明顯覺得鼻梁比過去寬了不少，好像自己很熟悉的鼻子變成了別人的，被人家給換了。

我抬起頭來看了看蔡小梅家的陽台，那裡已經黑了。我想，蔡小梅現在肯定放心了，四平八穩地坐在家裡的沙發上，跟爸爸和媽媽理直氣壯地撒著彌天大謊了。我用手隔著塑膠袋子，摸到了裝著光碟的硬硬的塑膠盒子，就是它，砸在了我的鼻子上。我說不出爲什麼，自己會在蔡小梅家的樓下站了很久，一個人孤零地站在黑暗中，在等什麼？當我一個人走在回家的路上時，我才想到，剛才站在蔡小梅家的樓下，確實是在等一個東西，等蔡小梅在陽台上重新出現，她笑著望著樓下，關心地詢問我，是不是不小心砸到你了？疼嗎？

第二天，我在學校見到凡凡時，凡凡見我的鼻子腫了，用手摸了一下，問我怎麼了？我說，沒事，走路時撞在電線桿子上了。凡凡就說，以後小心一點。我說沒事。等看見蔡小梅時，她見到我就大笑起來：聽凡凡說，你撞到電線杆上了？再狠一點，鼻子就撞塌了。本來就不漂亮，慘了慘了！

聽蔡小梅這麼一說，我的眼淚一下子就流出來了。別人說行，蔡小梅說我就受不了。

蔡小梅不理解地盯著我的臉看，然後一個勁兒地問我，哈哈怎麼了？我說什麼了？你怎麼這樣脆弱啊？

我把身體背對著她，本來想痛痛快快地哭一下的，聽她說完這句話，我的淚水像是乾了。我不想哭了。我第一次覺得，眼淚對於某些人來說，是沒有意義的。蔡小梅並不關心別人的眼淚。

還好，我的鼻子在三天後基本上恢復到了從前那樣。同時，我把一些事情也很快地淡忘了。

我現在必須要說說「汙染的湖泊」了。因爲，這些事和以後發生的事都跟他有關。他叫姜文博，是個很棒的男生。儘管蔡小梅和凡凡在背地裡挑了他許多的毛病，但是，我發現她們在挑姜文博的毛病時，眞假難辨，都像是戴了假面具。現在，一些中學生在有許多人的場合裡評價異性時，都有口是心非的怪毛病。

那個周末，我們三個人坐在公園的舊木椅子上，情形跟往常有些不同，話很少，大部分時間，都在盯著柳條上的三樣東西傻看。

凡凡又在重複著那句話，這裡眞的很少來人。聽她的話，像是很失望。蔡小梅說，公園裡打掃衛生的工人也不到這裡來嗎？我的手表多漂亮啊！她話裡的意思很明顯，最起碼，掃地的人應該把她的手表摘走啊。我說，掃地的人是不看天的。於是，我們三個人都無話了。

臨近中午時，蔡小梅睏了。她把頭枕在我腿上，躺在椅子上，她的兩隻腳放在凡凡的腿上，擺了個最佳的睡眠姿勢。凡凡對她說，你最多睡十分鐘，我的腿要活動一下的，不然會被你壓麻的。

蔡小梅說，就你老是提要求，你看哈哈，從來就不提要求。哈哈根本就沒有要求。說著，蔡小梅就把眼睛很舒服地閉上了。

大概在三十秒鐘之後，蔡小梅突然間又把眼睛睜開了，說了一個很有意思的提議。我和凡凡都認爲是一個最有創意的遊戲，它除了好玩，而且浪漫。現在有很多的事情，只要是沾了浪漫的邊，就會把人的興趣挑起來，就像是火，燒起來就滅不了了。

這個遊戲的形式接近於猜謎，裡面深藏著可以檢測一個人性格的玄妙機關，遊戲一旦完成，它的結局是很刺激的。

蔡小梅一說完這個遊戲，凡凡和我都忍不住尖叫起來。凡凡說，蔡小梅眞能想得出來！我說，把我的大腦洗幾遍，也不會想到這種遊戲的。

蔡小梅的遊戲是這樣的：告訴一個男生來到公園找柳樹，看到柳條上的「果實」後，讓他選擇其中一件東西，只能選擇一種。這三種東西分別代表凡凡、蔡小梅和我。如果這個男生選擇了一件東西，並能準確說出這件東西的主人，他就得到了滿分。

凡凡問，讓誰來做這個遊戲？

蔡小梅假惺惺地說，我在三張紙上分別寫上相同的三個男生的名字，我們在三個人的名字後邊只能打一個勾，有兩個勾的人，就可以玩這個遊戲了。

很簡單，這都是走過場，姜文博獲得了三個勾。

第一步由蔡小梅用電話通知姜文博，讓他在周日去公園摘柳樹上的「果實」，星期一帶著「果實」來學校揭開謎底。

凡凡有點擔心，姜文博會答應玩這個遊戲嗎？蔡小梅說，傻瓜才不玩呢。凡凡又說，你怎麼知道他一定會玩這個遊戲？蔡小梅說，現在的男生哪個不想玩？學習都學得傻了，突然有了玩的，還不樂瘋了？

在這個時段裡，我的內心發生了微妙的變化。我開始對這個遊戲失去了興趣，熱情大大地減退了。我有點討厭自己剛才的尖叫聲，我埋怨自己不該對這件事情有如此大的激情。我望著頭頂柳條上自己的黑色髮束，覺得它很可憐。

晚上，蔡小梅打來了電話，告訴我，姜文博已經答應玩這個遊戲了。我在電話裡淡淡地回答了一聲。蔡小梅沒感覺到我的冷淡，只是興匆匆地讓我再給凡凡打電話，說她肯定等急了。

我想忘掉這件事，但是，我無法忘掉。

星期一上學時，我故意最後走進教室，我不需要知道那個遊戲的謎底。我的感覺早已經告訴了我。想想看吧，一個早已經知道謎底的遊戲，還有意思嗎？

我一進教室，蔡小梅就喊我，哈哈，你怎麼才來？你不來，姜文博是不會揭開謎底的。

我看見很多人都圍著姜文博，我猜測，大家肯定都知道這個遊戲了。凡凡對姜文博說，把你摘下的東西拿出來讓我們看看吧！

我馬上把自己的臉轉到了窗外。我聽見有人喊道，黑色髮束！

我一抖。我把眼光對著姜文博的手，在他的手上，我的黑色髮束蜷縮著躺在那裡。

蔡小梅很感意外，她覺得姜文博不選擇手表，也該把凡凡的髮夾摘回來。

凡凡問，你知道這個黑色髮束是誰的？

我覺得渾身的血一下子都凝固了，耳朵裡竟然狂風大作。就在這狂風中，我聽見姜文博說，這是哈哈的。

蔡小梅的聲調有點變了，她說，你怎麼知道？

姜文博說，哈哈用它紮了一個學期的頭髮。

我耳邊的狂風突然停止了。遊戲結束了。

在第一節課的時間裡，我的眼睛裡都是潮潮的，充盈著臨近湖泊的濕氣。

周末時，我給蔡小梅打電話，約她去公園。她回答說，她感冒了。我又給凡凡打電話，凡凡說，不行，爲了改變雞胸的狀況，她在周末也要去練游泳了。

我只好一個人去了公園。但是，我看見結著果實的那根柳條沒了，它是被人折斷了。我一下還想不清楚，它是被誰弄斷的。我在舊木椅子上坐了很久，望著斷了的柳條，想著它結著果實的昨天。我心裡一直是溫暖的。

甘北朝北走

甘北朝北走

甘北的嗓子很難聽，說話時還不明顯。他只要一張嘴唱歌，就會把別人的注意力硬拽過來，有人會找到甘北的嘴巴，問他：「你是在唱歌，還是吼叫？」

在音樂滿大街隨風亂飄的歲月裡，甘北心不服。那天是周末，他爸爸跟同事有個吃飯唱卡拉ＯＫ的活動，就跟爸爸去了。在爸爸同事中，有從歌舞團轉行的人，唱得跟電視上的紅星們不分高下。人家還沒把麥克風拿到手裡，甘北先下手爲強，先吼了一段。大人們忍氣吞聲地聽他叫完，就把甘北手裡的麥克風強行奪走了。甘北的爸爸盯住兒子舉動，他只要朝麥克風跟前移動，就先把兒子的手摁住。爸爸就是不讓甘北再碰到麥克風。

甘北的爸爸領著兒子回家的路上，好半天不說話，快到家了，對兒子說：

「你唱歌也太難聽了。」

甘北爸爸用兩隻手掐住自己的脖子，學著甘北的聲音叫了幾聲之後說道：「比這還難聽吶！」

從那以後，甘北沒在爸爸和媽媽面前唱過歌，更別說在學校當著同學的面了，他連哼支曲子的信心都丟掉了。但是，甘北的爸爸不管是高興和憂愁，也不管是在衛生間和廚房，只會用唱歌來排遣心情。那樣子像是給兒子甘北臉色看。這個時候，甘北就用兩隻眼睛瞪著爸爸。

甘北從小學一畢業，一頭撞進假期，就覺得生活不對頭了。中學在他的想像中是什麼？應該是座比小學更大的遊樂場才對。甘北就這樣認爲的，他堅信像他一樣的男生們都是這樣憧憬中學生活的。如果中學是一座監獄，誰會掏癟了錢包鑽進來。但是，甘北覺得生活就是不對頭了。

甘北是以全班成績第二的身分進入中學的，卻換來爸爸的一聲嘆息：「你終於上了一所好中學。」

爸爸和媽媽答應甘北，考進好中學，徹底放假半個月。甘北記得當時自己還興奮地重複了一句：「徹底？」爸爸說：「徹底。完全徹底。」結果，甘北跟爸爸和媽媽簽訂的口頭協議，爸爸和媽媽先行取消。徹底放假的日子縮短到一個星期，然後，對徹底放假的「徹底」二字，又做了補充說明，甘北除了在這一個星期裡支配自己的時間外，還要抽出一兩個小時看看書，讀讀英文。甘北反感了：「你們可說的是徹底放假。」爸爸明知理虧，卻很會狡辯：「我沒有讓你非得讀書，你可以在陽台上曬太陽時，身邊放著一兩本平常愛看的書啊？」

甘北把爸爸贈給他的這份很曖昧的禮物還給爸爸了：「對不起，我一看見書，我就想吐。」

放假的第三天，甘北給女生小魚打了一個電話，約她逛音像市場。甘北為什麼單單約女生小魚出門玩兒，沒有太明確的理由。甘北只是覺得想跟小魚在一起。甘北還有一個潛意識，跟小魚交往時，除了涉及學校的內容外，小魚是完全可以當他的快樂導遊的。小魚知道很多的信息，就像大海中的成百上千的魚種一樣多的信息。小魚不僅知道最流行的亞洲歌手，還知道這些鮮為人知的歌手的血型和家庭背景。最讓甘北佩服小魚的是，小魚知道某位歌手的嗓子原來是多麼多麼的嘹亮和平庸，因爲嗓子裡長了小肉瘤，被切除後，竟意外獲得了現在的人聽人愛的流行沙啞嗓。甘北當時很吃驚：「人爲什麼喜歡沙啞嗓？」小魚的回答很內行：「因爲沙啞嗓聽上去眞實，讓人離得很近。」

小魚在電話中說，在松雷商場門口見。甘北打完電話，就把電話號碼簿扔在了自己的寫字桌上。甘北一出門赴約，家裡的媽媽就把甘北的號碼簿抓到手裡翻看。甘北的爸爸站在她的身後也伸著脖子看。他們沒看出什麼，上面也沒有祕密。只有三個電話號碼，一個是小學班主任的家中電話，一個是爸爸的手機電話號碼，剩下的就是小魚的電話號碼了。在甘北上小學時，這個電話號碼簿就是三個號碼，爸爸還說，怎麼就這三個號碼啊？甘北的朋友也太少了，一個孩子沒朋友還行？當時，爸爸覺得甘北太內向，他爲兒子的電話號碼簿上只有三個電話號碼而惋惜。現在，甘北的爸爸和媽媽都有了一個很怪的很吝嗇的念頭，他們覺得兒子上中學以後，三個電話號碼有些多了。當然了，小學班主任的電話號碼應該保留，人應該記住小學老師，並心存感激地抽出一點時間去回憶她。爸爸的電話號碼，在兒子的號碼簿上，享有永遠的居住權的。只有這個叫小魚的女生電話號碼讓他們覺得不舒服了。在他們的心裡，男生和女生的接觸，在小學和中學是完全不一樣的。完全不一樣。

甘北坐上去松雷的汽車時，他的爸爸和媽媽正站在他的屋子裡用眼神緊張地對視，那眼神裡像是恐怖分子賓拉登在門外用手指頭優雅地摁響了門鈴。

甘北和小魚在光碟市場轉了一個小時，挑選了兩張音樂碟。當然是小魚讓甘北買的了。從光碟市場一出來，兩個人就去了大街上買了兩個熱狗，一人一個，是甘北請客。甘北覺得小魚能夠應邀前來，完全是爲了他。吃完了熱狗，兩個人非常滿足地告別了。小魚乘坐的公共汽車先來的，她擠了上去，還回頭跟甘北說：「你把嘴巴擦一下，下巴上還沾著熱狗吶。」

甘北伸了幾下舌頭，沒夠到小魚說的熱狗屑，就用手在下巴頦兒上摸了一下，果然沾著熱狗屑，他拿在手上看了一下，沒猶豫，放進嘴巴裡吃了。在汽車裡的小魚看見了這一幕，從敞開的車窗裡對甘北喊道：「你手裡的光碟裡就有一首歌，叫《熱狗鑽進我的胃裡》。給我打電話！」

看見小魚的車走了，甘北摸著自己的胃部，覺得有一條可愛的狗在那裡醒過來了，並伸出柔嫩的舌尖，舔他心裡最溫暖的部位。甘北在心裡慶幸，小魚的考試成績也不錯，跟他升入了同一所中學。

載著小魚的汽車走遠了，甘北還站在站台上想一個很浪漫的問題，如果跟小魚分在一個班裡，就好了。這就是甘北上中學後的第一個美麗願望。

那些日子，甘北的生活還算平靜，閒下來時，給小魚打一個電話，告訴她聽了光碟中的哪一首歌時，心裡動了動。小魚就在電話的另一頭大喊大叫起來，什麼？你聽了那首歌，心裡才動了動？你的心是鞋跟長的？這麼麻木不仁？告訴你吧，我聽了這首歌，哭得都吃不下飯，聽一回哭一回，弄得我現在都不敢聽這首歌了！你才在心裡動了動？我以爲你是個很有藝術氣質的人吶，眞讓我失望！不過，還好，你的心還沒死，畢竟還動了動，還有救！

小魚在電話裡的這一通話，把甘北的臉說得變了好幾次顏色，先是發白，變到了慘白，聽到最後沒有一棍子打死的話，甘北的臉就有了起死回生的血色。等他放下電話時，坐在那裡，盯住電話好半天之後，他的臉才算恢復到正常。這件事過了幾個小時了，甘北覺得心裡很舒服，讓女生小魚教訓很心甘情願。

到了半夜時，甘北家客廳裡的電話鈴聲突然間響了，像是報警，讓甘北的爸爸和媽媽光著腳去客廳接那個要人命的電話。是甘北爸爸先抓住電話機的，一聽，是找兒子甘北的。

是女生小魚。

甘北爸爸的臉就像參加追悼會一樣，不讓甘北接電話，而是用手捂著話筒，拉長了臉對甘北媽媽說：「是女生找咱兒子的電話。一個女生。就是那個叫小魚的。在半夜給他打電話，讓不讓兒子接？這還沒上中學吶，就在夜裡跟女生沒完沒了的？」

這時候，甘北已經悄悄站在了自己的房門口，揉著眼睛說：「是我的電話？」

爸爸問道：「你跟……同學約好了半夜打電話？」

甘北說：「我覺得是小魚的電話，她肯定有事找我。」

爸爸把電話遞給兒子時，還問道：「什麼事？不能白天說？非得像拉警報一樣在半夜裡通話？」

甘北說：「我猜是音樂上的事。」

媽媽也問：「音樂？音樂怎麼啦？談什麼音樂？」

爸爸還扔過來一句：「你能跟音樂有什麼關係？」

甘北已經跟小魚說話了。他不再去理睬爸爸和媽媽。甘北在聽小魚說話時，就看著眼前的地上，爸爸和媽媽的四隻腳丫子在不安地動來動去，像是要吃要喝的瀕臨絕種的動物，賴在他面前不肯離去。在電話裡，女生小魚又給甘北推荐了另一首歌，說是聽了這首歌，能培養甘北敏銳的音樂感受力。小魚告訴甘北，她爲了能讓甘北獲得跟她一樣的感動，她晚飯都沒吃好，到了現在，都半夜了，才想起這首歌來。並提醒他，聽這首歌時，聲音一定要放得小一些，就像從自來水龍頭裡放水一樣，不要嘩一下子放出來，要讓它變成細流，線一樣的細，滑到耳朵裡，經過幾個大彎和幾處小彎，滴到你的心裡。

那時候，小魚在半夜裡的電話，就像她自己敘述的那樣，話音就是水，通過無數道彎曲途徑，滴入甘北的耳朵裡。

小魚在電話裡問：「你聽懂了嗎？以後萬一在音樂上有了些修養，可別忘了你的音樂啓蒙老師啊？」

甘北一句話都不說，只是瞇著眼睛聆聽著，感受著從夜空中飄然而至的散發著靈性的話語水滴。

甘北放下電話，他睜開眼睛，看見面前的地上還有四隻光腳丫子，不過，四隻腳丫子已經老羞成怒了。

「女生在跟你說什麼？」爸爸問他。

甘北說：「音樂課。」

媽媽不理解他的話：「什麼音樂課？」

甘北說：「小魚在給我上音樂課。」他一邊說，一邊朝自己房裡走，快要關門時，他又回頭補充一句：「音樂欣賞課。」說完，門關上了。

甘北的爸爸坐在客廳裡的沙發上，兩隻腳丫子開始相互打架。甘北媽媽說：「回房睡覺吧，坐在這裡幹什麼？」甘北爸爸說：「我還能睡得著覺嗎？兒子都遇到這種事了，我還能睡著，跟豬是親戚了。」甘北媽媽一聽，也不睡了，陪著他坐在沙發上，面前又多了一對光腳丫子。在深夜的客廳裡，半明半暗的壁燈下，甘北的爸爸和媽媽，加上兩對光腳丫子，就像是四個人在為甘北和那個叫小魚的女孩子開會。一個緊張的會，迫在眉睫的會。

這時，甘北正躺在床上，細心捕捉著音樂水滴的浸潤。當音樂的尾音被海綿一樣的夜吸盡了，消失了，只留下一個想像的東西時，它幻化成一滴淚落在甘北的眼角上了。

等到天亮時，甘北起床去衛生間，看見爸爸和媽媽坐在沙發上很委屈地睡著。他在他們面前站了一會兒，看著爸爸和媽媽的睡相。等媽媽醒來時，見甘北彎著腰瞪著他們，就失聲尖叫起來：「你在幹什麼？」甘北反問道：「我還想問你們吶，有床不去睡，在沙發裡擠著幹什麼？」

甘北吃完早餐，看了看鐘，七點半，想給小魚打電話，跟她談昨晚聽了她推荐的那首歌之後所受的震動。甘北覺得時間太早，怕影響小魚的睡眠。小魚曾經跟他說過，放假最讓她想念的是可以天天睡懶覺了。甘北不能把小魚的幸福趕跑。他就不停地看牆上的鐘。甘北的舉動讓爸爸和媽媽感到觸目驚心。因為甘北的舉動已經在爸爸和媽媽的預料之中了。

甘北在七點五十分的時候，撥了小魚家的電話號碼。但是，她家的電話傳來占線的聲音。甘北放了電話，覺得自己應該在七點鐘就把電話打過去，讓別人把電話先打進去了。

甘北就坐在電話跟前焦躁地等著。

甘北的媽媽代表爸爸問甘北：「你的電話很重要嗎？」

甘北沒看媽媽，只是點頭，並把臉轉到牆上的石英鐘上。他小聲嘀咕道：「誰在給小魚家打電話？」

他又撥了小魚家的電話號碼，還是占線。爸爸站在他身後問道：「還是給女生小魚打電話？」

甘北說：「音樂上的事。」

爸爸說：「昨天不是跟小魚出去玩過了嗎？」

甘北的臉還是朝著牆壁上的石英鐘：「昨天跟小魚在一起，今天就不能打電話了？」

爸爸沒說出話來，轉身進自己房了。客廳裡，甘北不停地撥小魚家電話號碼，就是占線。到了九點鐘，小魚家的電話還是占線，甘北就急了：「她家的電話沒放好吧？怎麼打不進去？」

媽媽的表情平靜如水：「打不進去就別打了，有這時間可以幹點別的事，幹什麼非要打這個電話？」

甘北從媽媽的表情裡看出了問題，他把電話機抱起來，發現電話線已經從上面掉下來了。

「誰把電話線拔了？」甘北問。

媽媽裝做無辜的樣子：「是它自己……掉了吧？」

爸爸的房門虛掩著，甘北可以看見爸爸就站在門後，就是不走出來。

甘北把電話線接上。但是，他不想給小魚打這個關於音樂的電話了。爸爸和媽媽身上的可疑舉動，讓甘北的心緒大大地受到了傷害。甘北回到自己房裡，一邊聽音樂，一邊大吼大叫。

爸爸站在甘北的門外，站了好一會兒，也不進門，也不說話，離開了甘北的屋門。甘北覺得爸爸和媽媽完全是做賊心虛。他心裡就更加有氣，所以，他拚足了氣吼叫完七八首歌，直到把自己的嗓子唱倒了，啞掉了，發不出聲音爲止。

甘北的爸爸和媽媽背後說，兒子用唱歌來報復人這一招太厲害了。

上中學報到那一天，甘北心情很不錯。因爲他知道自己跟小魚分到了一個班裡。小魚知道這個消息時，在亂哄哄的人群裡，看著甘北做了一個手勢：她的右手放在胸口處，很謹愼地豎起自己細細的拇指。

甘北也回敬了同一個動作。他和小魚共同慶賀分到一個班裡的喜悅。

事情沒這麼簡單。當三天後正式開學時，甘北被一個陌生男老師叫到了另一個班裡。原來那個班的班主任明明是個女老師。再說，他和小魚不在一個班裡。在中學長達四年的時間裡，不和小魚同班，他想都不敢想。

甘北問男老師：「我已經分到(3)班了，爲什麼又換到(6)班？」

男老師心裡裝著開學後的很多的事，對甘北提出的問題懶得回答：「你去問校長吧。」

甘北沒有去問校長，他先跑到(3)班的教室門口，想問問小魚。小魚坐在(3)班教室自己的桌前，看見甘北，知道他要問什麼。所以，小魚就衝著甘北輕輕搖著自己的頭。告訴甘北，她也不知道，這一切都讓人不能理解。

傷心的甘北回到家，問爸爸和媽媽：「是你們找到校長，把我從(3)班換到了(6)班？」

爸爸說：「你別瞎猜了。把你從(3)班換到了(6)班，對你是有好處的。」

甘北說：「我是中學生了，我有自己的思想。你們以後背著我做事，要做得高明點。手法別那麼拙劣，像是弱智幹的事一樣。」

爸爸虎起臉來：「怎麼這麼跟大人說話？」

一個星期之後，甘北用零錢買回一把吉他。在自己房裡彈，在陽台上彈，也在衛生間裡彈。

甘北在衛生間裡彈吉他時，爸爸就站在門外說：「你如果把彈琴的時間用在讀英語上，你會成什麼樣？」

甘北聽見爸爸隔著一道門教訓自己，也不回答，只把琴彈得像暴躁的公牛。

媽媽就勸甘北的爸爸：「你沒聽見兒子已經生氣啦？」

那天晚上，甘北爸爸對甘北媽媽說：「甘北好像幾天不跟我們說話了？」

媽媽說：「真的過分了。」
爸爸問：「你指什麼過分了？兒子，還是什麼？」
媽媽說：「我們都過分了。」
爸爸說：「我一點都沒覺得我們有什麼過分的。」
甘北離家出走是在上中學的期中考試之前。他沒拿一分錢，只帶走了那把吉他。誰也不知道甘北去了哪裡。
在甘北的爸爸和媽媽找兒子快找瘋了的第十天，小魚給甘北的家裡打來一個電話，告訴他們，甘北給小魚寄來一封信，看郵票上的黑色郵戳，像是去西部了。從郵戳的地址判斷，那是一個在地圖上還無法標出的小地方。很有可能，甘北是有意這樣做的，讓所有人不知道他身在何處。甘北的爸爸像抓住救命稻草一樣：「甘北信裡說了什麼？」
小魚說：「甘北只是說，他加入了一支流浪樂隊，他們四處飄泊，根本沒有固定的住所。」
甘北媽媽在一旁聽了，哭得不會說話了：「他才是一個中學生……他晚上住哪兒啊？他吃什麼啊？他身上哪裡有一分錢啊？他爲什麼要去要飯啊？」

甘北爸爸說：「我跟單位請假，我一定把甘北找回來。」

甘北媽媽說：「我也去找兒子。」

甘北爸爸說：「你不能去，得在家守著。萬一兒子回來了，你好告訴我啊！」

甘北爸爸去西部找了半個月，連一點甘北的影子都找不到。等他沮喪地回家時，一開門，令甘北媽媽用手捂住了鼻子。甘北爸爸十幾天不洗澡，渾身上下臭氣薰天。甘北媽媽讓他把身上的衣服在門外脫乾淨，別把臭味帶進屋子。

甘北爸爸發火了：「我兒子都丟了，還在乎什麼臭味？有人能找到我兒子，把全市的垃圾堆到我的飯桌上我都心甘情願！」

半年過去了，小魚沒再收到甘北的一丁點信息。

到了年底，就要過年節時，大街上的商店裡到處放著一首歌曲，聲音聽上去很能抓住人心，男歌手的嗓子一般，還有些沙啞，但是，歌詞和旋律讓人怦然心動。

小魚就呆呆地站在街上，渾身落了一層厚厚的雪，把這首歌聽完，然後，飛快地跑進音像店，很容易就找到了那歌帶。她一看那首歌曲的名字，眼淚就下來了。

那首歌曲名字叫《甘北朝北走》。

小魚買了兩盒歌帶，自己留一盒，剩下那盒送給甘北的爸爸和媽媽。

在甘北家裡，小魚和甘北的爸爸媽媽坐在客廳裡，顫抖著聽完甘北的歌。甘北的爸爸紅著眼圈說：「我第一次知道兒子的聲音這麼好聽……」

小魚悄然無聲離開甘北家裡時，甘北的爸爸和媽媽正在擁抱兒子的聲音。

淑女木乃伊

淑女木乃伊

家庭使用的麵包爐被爸爸和媽媽搬進廚房時，流流正坐在教室裡垂著頭挨米老師的剋。因爲兩人距離很近，痛宰流流的米老師把唾液不知不覺中吐到了流流的頭髮上，流流知道頭頂上正在人工降雨。流流不服，那表情讓傻瓜都看出來。世界上的老師都喜歡唱歌的羊，不喜歡盯住肉的狼。米老師怎麼看流流，都覺得流流長著一對狼眼。米老師說：「看你的樣子，還像一個女孩子樣嗎？」流流聽見米老師開始攻擊她的性別了，就把頭抬起來：「那老師也不像是女老師啊！」堅決捍衛自己的性別是女孩子的本能，沒錯吧？

流流這一句話，讓前半生說話一直流暢的米老師噎住了。

人工降雨停止了。

米老師積蓄了力量之後，對流流說：「你的語文課代表別幹了。」

「不幹就不幹。」流流站起身就走了。兩分鐘之後，流流跟好朋友夏波說：「問你個事，一個女人三十歲就會到更年期吧？」

夏波還認眞地想了想說：「不能吧，都說女人到了五十歲才進入這個危險階段的。」

流流斷然說道：「未必，我看米老師提前進入更年期了。」

背後罵完米老師，流流心裡好受多了。剛才的挨批和撤職沉澱在心裡的氣，算是撒出去了。夏波突然間問流流：「米老師今天爲什麼說你？還說了那麼長時間？」

流流睁著一對無辜的眼睛反問：「是啊，她爲什麼剋我？我怎麼忘了？」

夏波說：「你不誠實。米老師爲什麼批你，你能忘了？」

流流說：「我眞不知道她爲什麼剋我了！」

夏波說：「你好可憐！」夏波心想，還好朋友吶，犯什麼錯誤都不肯告訴一聲。如果是受到表揚，能忘了？

流流回到家中，進了廚房就去開冰箱的門，取出一個冰淇淋滅滅火。扭頭看見麵包爐，用手摸著說：「很漂亮。像汽車一樣。」麵包爐的外殼是奶油色的，流線型，新穎而又時尚。流流愛吃新鮮麵包，一看見新鮮麵包就興奮。可是，麵包是早晨的主食，媽媽總是在頭天晚上買回家的，第二天拿出來擺在桌上時，讓流流看上去，就像是剩麵包。一個好端端的麵包，上面留下幾副牙印，就扔在桌子上了。爸爸就吃流流啃過的麵包，一直啃了多少年。最後，爸爸就說：「買個麵包爐吧。」媽媽同情地說：「但願麵包爐能讓你吃上完整的麵包。」

烤麵包使用什麼料，麵包爐裡有一個說明書，媽媽說，很簡單啊。爸爸看了兩分鐘，也說，很簡單的。流流一聽，高興了，對爸爸和媽媽說，我先背一會英文，你們先烤麵包吧。等我背完二十個單詞，我就能嘗到新鮮麵包了。

爸爸和媽媽就開始在廚房裡折騰，一個人看說明書，一個人揉麵。流流不停地進廚房問，還沒好啊？爸爸說，急什麼急？麵還沒發好吶！他們又忙了一陣，媽媽又大聲問廚房外邊的流流，想吃中式麵包，還是西式麵包？

流流乾脆把英文課本扔了，一頭扎進廚房，興匆匆地問，麵包爐的功能很多啊！中式西式麵包都能做啊？

爸爸裝內行，是啊，中式麵包多放糖和雞蛋。西式麵包就複雜些了，有放肉鬆的，放胡椒粉的，還有放洋蔥末的，你想吃什麼的？

流流突然說道：「我不是語文課代表了。」

媽媽問：「發生什麼麼事了？剛才回家時爲什麼不說？」

爸爸問：「語文課代表是你費了好大的勁才當上的啊？犯錯誤了？」

流流說：「你們說的都不是，是我們米老師到了女性更年期了。」

媽媽把麵糰摔在面板上說：「流流瞎說了。我跟你們米老師說過年齡的問題，米老師還不到三十歲。」

爸爸說：「先說說，你犯了什麼錯吧。不犯錯，當得好好的語文課代表就撤了？」

流流還是不知道事情都是怎麼發生的，她自己錯在哪裡，眞的搞不懂。她正想把這件事完整地敘述出來，讓爸爸和媽媽幫助分析一下時，媽媽火了：「說啊，裝什麼傻啊？」

見媽媽這個態度，流流覺得心裡的傷口又裂開了，賭氣回到自己房裡。媽媽對爸爸說：「你看這孩子，犯了錯都不能說了。」

「我犯什麼錯了？」流流在自己的房裡大聲問道。

媽媽搓著自己的麵手，朝流流房間走來：「你還問你自己犯了什麼錯，不犯錯語文課代表怎麼會撤了？」

就在媽媽快到門口時，流流砰一聲把門關死了。媽媽在房外大聲問流流話，流流就大聲在房裡故意喊英文單詞，最終把媽媽比下去了，被迫回到廚房，三心二意地研究烤麵包去了。

夜裡十點多鐘，麵包爐烤出第一爐麵包。爸爸把新鮮麵包用一個盤子托著，端進流流房間，說道：「新鮮麵包，自己做的，感覺好啊。」爸爸在自我陶醉時，流流已經忍不住咬了一口新鮮麵包，然後說：「爸，很平庸的。」

「什麼？」爸爸聽了，覺得女兒是在說他當爸爸的平庸。

「麵包，我在說麵包。」

「我覺得你在說爸爸。」爸爸做了一個很委屈的表情。

流流說：「現在的大人們，都很敏感。」爸爸說：「現在的孩子，對父母的要求越來越高了。」

「相反。」流流把那口平庸的麵包嚥了下去。

「我們家的氣氛還是民主的。但願我們都能理解溝通。」現在電視上天天放這種兩代人急需交流的節目，爸爸也學會了不少的口號。流流看到了這一點，就沒吭聲。爸爸端著空盤子離開流流房間之前，臉上出現了討好的表情：「流流，告訴爸爸，你今天到底犯了什麼錯？」

流流就用一種眼光看著爸爸。

爸爸剛才說話時，是彎著腰的，因爲流流一直坐在椅子上。那樣的彎腰姿勢可以離流流很近。現在，他看見流流的眼神時，就把腰直了起來：「你什麼眼神啊？」

流流說：「我就這種眼神啊！」

「眞讓人不舒服。」

「我的眼神讓別人不舒服？」

「太不舒服了。」

「我過去就是這種眼神，你們怎麼不說不舒服啊？」

「你眼神變了。」

流流說：「行了，看我不是語文課代表了，連我的眼神都看不慣了。」晚上，流流去衛生間刷牙洗臉時，聽見爸爸跟媽媽在他們的臥室裡說：「流流的眼神是什麼眼神啊！」流流聽見媽媽說：「流流的眼神再不好看，也是你女兒的眼神。」爸爸悶聲悶氣地說：「那眼神，也太讓人不好受了。」

流流面對著衛生間裡的鏡子，嘴裡邊都是白色的牙膏泡沫，她把泡沫擦掉，認真地觀察自己的眼睛，她做出了多種眼神，並加上臉部表情的協助，也沒發現哪一種眼神讓別人受不了。

第二天上數學課時，流流的鋼筆突然間拉稀了。鋼筆水從鋼筆前端冒出來，就像是堵不住的傷口。把流流剛剛做好的數學題弄汙了不說，連手指頭都藍了。流流沒帶備用筆，就在桌子上搶修這枝不爭氣的筆。同桌閆大炳，外號叫大餅的男生看見了，就直躲身子，怕流流把鋼筆墨水濺到衣服上：「流流，你修鋼筆，怎麼看上去像是給人做大手術啊？血淋淋的！」

流流不看大餅，頭都不抬：「說什麼風涼話吶。還同桌吶？快點翻翻口袋，有沒有擦臉紙，趕緊救人吧！」

大餅說：「求人還這麼不客氣。」

流流看了一眼大餅：「哪裡都是鋼筆墨水了，還講什麼態度啊？」

大餅見流流的口氣還沒變軟，就多了一句話：「語文課代表就可以這麼跟人說話啊？」

流流一下子就激動了：「我不是語文課代表了。」

全班同學都不做題了，都抬頭看著流流。大餅卻像惹禍的罪魁禍首，把頭垂下去。等同學們都恢復了平靜，大餅悄悄問流流：「你剛才說不是語文課代表了，我怎麼不知道？」

流流把擦鋼筆墨水的紙朝兩邊一推：「語文課時，米老師會宣布的。」

大餅說：「你沒犯錯誤啊？」

流流這一次停了手裡的搶救鋼筆的活，對大餅說：「我也這麼認爲的。謝謝你也這麼認爲。」

大餅沒再說話，卻不停地用同情的餘光安慰流流。此時的就要被撤的流流肯定心情極差。大餅想爲流流做點事，就把桌子上的擦鋼筆水的廢紙攏到一起，準備在下課時，放到教室的垃圾桶裡。

大餅看出流流心情極爲不安，因爲下一節課就是語文課，米老師會把那個不幸的決定當衆宣布的。這對流流來說，就像是等待宣判的罪犯。一下數學課，大餅就把桌子上的一堆染著藍鋼筆墨水的廢紙主動捧到教室前邊的垃圾桶裡，他本來想裝入一個塑膠袋，再丟進垃圾桶的，這是米老師說過多少回的。但是，大餅看見垃圾桶裡已經有人放進了可口可樂的瓶子，就沒多想，把碎紙團扔了進去，因爲流流用的廢紙太多，大餅前後捧了三次廢紙，才把堆放在課桌上的紙團處理乾淨。流流的鋼筆還是沒修好。她根本就沒心情修好自己的鋼筆。她一直等著米老師宣布那件事。她還是下意識地坐在那裡修那枝修不好的拉稀的鋼筆。一直到面色不好看的米老師夾著教案走進教室。

其實，一切都不如流流幻想的那麼激烈。米老師宣布完那件事之後，流流的心裡一下子釋然了。米老師在解釋撤掉流流的語文課代表的理由時，只說是流流不適合擔當語文課代表，讓同學們都在各自的心裡醞釀一下，物色一個更適合擔當語文課代表的人選。就在米老師說這些話時，流流是垂著頭的，不敢抬頭，一滴委屈的淚不聽話地從眼睛裡掉出來。她把那滴眼淚從桌面上偷偷擦掉時，就把頭抬起來了，用眼睛看著米老師。在流流的眼神跟米老師的眼光撞到一起時，米老師本來鋒利的眼光，必勝的眼光突然間變鈍了，變軟了。

米老師緩了一口氣說道：「流流同學有什麼想法嗎？我覺得你的眼神告訴我，你有話要對大家說。」

流流不說話，還是用那種不變的眼神盯住米老師。

流流的這種眼神讓米老師看起來，簡直就是昨天下午那場發生在兩人之間戰爭的繼續。米老師說：「我知道你心裡有想法，不想對大家說。」

流流說：「我沒想法，我只是想問老師，我錯在哪裡了？」

米老師的身體在高高的講台上似乎晃動了一下：「我解釋過了，你當語文課代表不合適。」

流流覺得米老師親自發動的這場兩人戰爭還是沒找到充分的理由，完全是以強欺弱。所以，流流不想再說一句話，但是，她必須看著米老師，就這麼看著，表達自己弱小國家的尊嚴和不屈。

流流喃喃自語，也像是說給大餅聽的：「我想罵人。」

大餅看著流流，不知道她要罵誰。但是，馬上明白流流是要罵米老師。他緊張得臉都白了：「你別……」

流流說：「我現在就是要這麼看著她。爲了鍛鍊我的耐力，就像看一泡屎一樣，看著她！」

米老師突然大聲說了一句：「不許你用這種眼神看老師！」聲音太大，把同學們嚇得一激靈（註：哆嗦）。片刻之後，同學們都扭頭看流流，想看看流流的眼神是一種什麼眼神，結果，發現流流的眼神沒有什麼特別的，就轉向米老師，想弄清楚到底發生了什麼事。

糾纏眼神問題是沒用的。那只是個人喜好問題。米老師懂得這一點，她及時發現了一個宣洩壞心情的出口，米老師看見了垃圾桶。「這是誰扔的垃圾？」米老師走到垃圾桶跟前，用尖尖的皮鞋踢著塑膠垃圾桶，聲音聽上去像是在打一個敲破了的少數民族的鼓。

男生馬大軍站起身：「是我是我，我剛才喝了可口可樂，急著去尿尿，忘了把空瓶子裝在塑膠袋裡。」

馬大軍的主動承認態度，讓米老師心情好多了：「能承擔錯誤的學生，一定會進步的。」米老師說，「下課後，把空瓶子裝在塑膠袋裡，別忘了。」

馬大軍看了看垃圾桶裡的碎紙團說了一句：「那些碎紙團可不是我扔的。」

「誰扔的碎紙團？」

大餅猶豫了一下，後悔自己幹了錯事，他怎麼就把扔垃圾一定要裝在塑膠袋子裡的規定忘得乾淨。他剛要站起來，流流站起來了：「那些紙團是我扔的。」

米老師說：「剛才我問誰扔的垃圾時，你怎麼不說話？」

「馬大軍先說了，我只是後承認罷了。」流流覺得事情越來越糟了，一切都朝著不利於自己的方向走。

米老師說：「看見別人承認了錯誤，再承認錯誤，起碼說比別人的覺悟晚，比別人的遲，或者說在心裡並不想承認錯誤。」

流流一下子爆發了：「我就錯了，我就不想承認錯誤，你想說什麼就說什麼吧，我不在乎了！」

米老師沒想到流流會爆發，而且會爆發得如此強烈，趕得上一百級地震。外面的走廊裡有了腳步聲，有人把耳朵貼到了門上。米老師眞生氣了，嘴唇都抖起來：「流流，你眞該看看自己的形象。我不奢望我們班上的女生都是有敎養的淑女，但是，起碼應該有個女孩樣兒！」

流流聽見淑女兩個字從米老師嘴裡跳出來，流流實在忍不住，哈哈大笑起來，在同學們看來，流流是狂笑不止。流流止不住從心底深處積壓太久的情緒，把哭當成笑吐出來了。

米老師罷課了。在她走出敎室時，流流還在狂笑不止。

學校把流流的爸爸叫到學校裡，校長、米老師，還有年級敎導主任都圍在流流爸爸身邊，臉色都很沉重。他們商量了一下，就把流流叫來了。爸爸問她：

「你爲什麼……那樣笑？」

流流說：「我覺得很好笑。所以我就笑了。」

校長跟大家使了一個眼色，覺得事情沒有那麼嚴重。所以，結束了這次令人緊張的談話。

但是，讓所有人十萬個想不到的是，流流第二天到學校的形象，把大家震住了。流流不知道從哪裡搞到的一頭假髮，梳成兩根又粗又長的大辮子，垂在肩膀上，大辮子梢上還繫著紅毛線和綠毛線。給所有人的感覺是，一位生活在舊電影中的人從銀幕上走出來了。

流流根本不管落在自己身上的都是什麼樣的眼神，旁若無人地走到自己座位上，翻開書，嘴裡咬著一段鉛筆頭，手還不停地撥弄著自己的假髮髮梢。

大餅坐到流流身邊，也不說話，實在是忍不住了，對流流說了一句：「你好，淑女！你嚇著我了！」

流流的好朋友夏波一下子從自己的座位上衝過來，抓住流流的手說：「流流，你怎麼啦?你這是怎麼啦?」說著，夏波自己就流出擔心的眼淚了。

流流伸出手給夏波擦掉臉上的淚水，眼睛也紅了：「我沒怎麼，我的神經很正常。放心吧。」

有人把這個消息告訴了米老師，米老師跑進教室時，一看流流的打扮，吼道：「流流！你鬧什麼鬼吶？你想幹什麼？太不像話了！你已經在學校裡夠出名了！你還想怎麼出名？」

「淑女！老師，我在按你說的做吶，我正在做一個人見人愛的淑女。」流流說話時，聲音很小，但是，教室裡很靜，大家都在等著打扮成淑女的流流說話。這很輕的聲音竟然有石破天驚的奇效。

「你馬上回家！今天你不要在學校出現！你要在家裡反省！」米老師指著門說道。

流流站起身，小聲說道：「那我就回家了。」

爸爸和媽媽都上班了，家裡沒人。流流第一次在該上學的日子待在了家裡，時間充裕起來，她在屋裡轉了幾個來回，站住了。一個人毫無目的地站了很久，突然間就心慌起來。她就在屋裡叫了一聲，是女孩子特有的尖叫。叫完了，心慌消失了。她突然間想親自做麵包吃。她就先找出烤麵包的說明書，看了一遍，就動手做起來。先是揉麵，揉了很久，覺得那麵很好玩，又軟又有韌性，她就開始做不同形狀的東西，玩到了下午，她把那些麵都和在一起，開始做一個東西。她想烤出一個大麵包。

她足足做了一個下午，才把它做好。看著它的樣子，流流掉了幾滴淚。

爸爸和媽媽在晚上回家後，開始輪番罵流流，說她太不像話了，怎麼那樣不聽話。他們在各自的單位，都接到了學校打給他們的電話。爸爸用手砸著自己的大腿說，一個女孩子讓老師勒令回家，這犯下的錯誤還能輕嗎？

媽媽說，流流啊流流，你是一個女孩子啊！

他們在說流流時，流流一直不說話，臉上也沒有懺悔內疚的表情，也不知道她在想什麼。就在這時候，麵包爐裡發出了一種叫聲，是麵包烤好的聲音。媽媽問：「誰在家做麵包了？」

流流還是不說話。

媽媽進了廚房。爸爸還在說流流：「你太不懂事了，不讓大人省心啊。」就在這時，廚房裡傳出了媽媽的叫聲：「啊！」

聞聲，爸爸衝進了廚房。

媽媽剛才從麵包爐裡拿出了一個人形麵包，是一個小女孩，紮著兩條辮子。她的眼睛是緊緊閉著的，像是死了。製作粗糙的麵包手上，還拿著一張紙，寫了幾個字：「我正走在去天堂的路上。」

第二天，一夜沒睡的流流父母，心情沉重地把這個去天堂的淑女麵包帶給了米老師。流流爸爸的手有點抖，把包裹著的報紙打開。米老師看見這個人形麵包時，面部一陣痙攣之後，腦袋裡一片空白。

一直到流流她們這屆中學生順利進入高中之後，那個淑女麵包還被校長收藏在玻璃櫃內。據說，凡是看到這個人形麵包的人，都說，這個淑女麵包已經乾成木乃伊了，看了讓人心驚肉跳。但是，傳說的這個故事，永遠都是新鮮的，就像是發生在一個鐘頭之前。

高中女生流流對別人說，我也沒想到在絕望時，能用麵包爐創作了一個淑女木乃伊的作品。

附錄

走過雨季的優雅和從容

◆吳其南
溫州師範大學人文學院教授

常新港先生的《青春的十一場雨》是一部短篇小說集，收進集中的各篇之間並無聯繫，但卻取了一個能將它們連在一起的書名。書名中的兩個關鍵詞，青春和雨，互相闡釋，但主要還是以雨闡釋青春。這是作者創作這些作品的主要切入點，也是我們閱讀這些作品的主要視角。

以雨命名青春，新港首先注意的是兩者清新、迷濛的特徵。將雨、雨季和青春歲月聯繫起來並不始於新港，但透過雨，作者卻將青春歲月多方面的特徵深入、細緻的表現出來。這雨似不是作者家鄉北國的雨，而是「杏花、春雨、江南」的雨。淅淅瀝瀝、綿綿長長，卻極有韻致。這對作者筆下的當代少年的心理是一個頗為準確的把握。青春本是一個變軌的季節。告別了童年的單純與明朗，又未到成年的豐富與沉穩，朦朧中感到某些東西正在醒來，要去把握又感到對方飄飄忽忽，有時連自己也不知道它們究竟是什麼。而一個處在轉型中的外部環境更為這種飄忽與迷濛增添了變數。在《黃金周末》中，凡凡、蔡小梅和我（哈哈）三個女生在公園的樹枝上掛上自己的「果實」，看誰的「果實」能為一個常來這兒的男生所「採摘」。她們掛出的不只是一個簡單的物品，也是一個期望，一份寄給未來的信物。在《羽毛也幸福》中，作者乾脆將這種幻想、期望具象化，變成一座實現了的帶草坪的房子。這兒沒有了大人的約束和監控，可以自由地按自己的意願生活。懶散、鬆弛、吵吵嚷嚷，雖然知道那生活像羽毛，輕飄，沒有根基，但卻一致地感到：「羽毛也幸福」。但在《從一隻英國皮鞋開始》中，這種與年齡相聯繫的特徵便變成一種與時代特徵緊密相關的優勢和自信：在父親苦苦尋求而不得的地方，兒子輕而易舉地取得了成功。「那場孩子製造的詼諧雨落下來時，大人的暴雨變得那麼露骨可笑……」雖然父輩的失敗有些傷感，但不能不承認，現代生活正在提供一些成人依靠經驗不能再占優勢的領域。不期然中有了些「沉舟側畔」的感覺。

但雨畢竟是雨，儘管清新卻不總像春風麗日那般明媚。春天是一個生長的季節，作夢的季節，但也是一個成人忙著修剪的季節。雖說成長離不開修剪，但真正的修剪到來時，疼痛和驚悸是免不了的。何況，誰敢保證修剪者不會錯誤的把不該修剪的內容也修剪了呢！從童年的伊底帕斯情結中走出來，少年便面對著一個被拉康（Jacques Lacan，法國精神分析學大師）稱為「大寫的他者」的父親，從此開始了「馴子」和「戀父」的矛盾衝突。雖然在《從一隻英國皮鞋開始》中，兒子以戲謔的方式宣告了自己對父親的勝利；在《青瓜瓶》中，女孩娜娜在來自鄉下的爺爺的支持下，衝破青瓜瓶，作了一回自己的主人，但在更多時候，他們還是趕到了象徵秩序的強大、威嚴以致牢不可摧。在《甘北朝北走》中，少年甘北在家裡無法按自己的意願生活，不得已離家出走去了西北。很具諷刺意味的是，一個在家一張嘴就被別人視為對自己神經折磨的人，在西北竟成了一名歌手。在《淑女木乃伊》中，女孩流流無法按老師、父母的要求成為淑女，以一個蒸熟的淑女型麵包對這種來自父權的壓制作了無言但卻深沉的控訴。而在《城市香草》中，中學生汪天祥則和同樣不肯屈從社會規則的父親及女老師一起領受被排斥的孤獨和寂寞。可見，重要的並不都在年齡，而在你如何對待那代表象徵秩序的規則和潛規則。於是，走過雨季並不都是浪漫與輕鬆，有時還會有沉重、壓抑與傷感。

雖然不少作品涉及青春期的壓抑、困惑和騷動，涉及兩代人的矛盾衝突以至少年的戀父情結，但常新港寫得並不劍拔弩張。毋寧說，他寫得有些幽深和淡遠。比如，他的作品情節上不追求大起大落、大開大闔，情感上很少大喜大悲、大苦大樂。即使很強的矛盾衝突，也淡化其外在行動，努力將其化為一個少年的心理事件。如《城市香草》，父親在一系列失敗後被從家裡趕出去，老師因不會生孩子而與丈夫離婚，小主人翁受環境的歧視幻想離開人群，逃向大森林，抽取其中任何一者，都可以寫得哀婉或悲愴，但作品將這幾者合在一起仍寫得淡淡的。在《甘北朝北走》、《淑女木乃伊》、《呼吸牛仔褲》等作品中，小主人翁或離家出走，或蒸一個淑女麵包以示控訴，或在夏天還穿著親生父親買的牛仔褲以表示對媽媽可能再婚的不贊同，衝突不可謂不激烈。但它們都沒有以很外在的形式表現出來。甘北離家出走在外面獲得了成功，父母意識到當初的粗暴，內心有了悔悟，結尾暗示著兩代人和解；流流以一個淑女麵包以示控訴，情緒強烈但行動委婉，老師、家長在震撼之餘也在內心作了檢討；葉子以夏天還穿著生父買的牛仔褲的方式提醒、抗議母親的可能再婚，行為有些激烈但其作踐的對象畢竟是自己，且在母親表示要順從她的意見時，終於意識到自己的褊狹，從一種真摯但有些幼稚的情緒中走出來，人物也顯出開闊，兩代人的矛盾也化解在相視一笑之中。在近年的少兒文學裡，我們見識了太多的熱鬧，太多的喧囂，太多的一驚一乍，突見幽深與淡遠，優雅與從容，頓有一種新鮮的感覺。至少，它可以作為一種特色，讓人們知道，少兒文學在熱鬧、喧囂，一驚一乍外，還有別的寫法，就像暴雨外還有沉穩的細雨一樣。

心靈越界——關於青蛙公主與黑雪王子

◆許琇禎
台北市立教育大學中國語文學系教授

如果我們重回那個耽溺於童話的年紀，首先想起的也許是浪漫唯美的白雪公主與百年不老的睡美人，或者仍感傷另類地戀著穿長筒靴的貓、用歌聲交換雙腳的人魚公主。也許再曲折一些，難忘的是大部分時間都不美的青蛙和野獸，並且非常不願承認地憶起自己曾經為他們終於變回王子而大大鬆了一口氣。我們幾乎不敢相信，這些單純無瑕的虛構人物、美好的結局，曾經這麼真切地進入我們的生命，使我們誤以為自己置身的這個不完美的世界，不過是一個暫時的詛咒，因而懷抱著對奇蹟的真心等待，卻一不小心就成了青少年，被放進了成人那個荒謬不可解的世界。

也許已經跨過夢想與現實劇烈衝擊時期的我們，早就雲淡風清地接受了這個世界「應該」的樣子，但是，那些埋藏在成長記憶裡的疑問，總在一成不變的道路與角色中猝不及防的閃現：究竟是什麼使我們安於這樣與人一式無別的生活？是什麼讓我們輕易地拋除了熱情和夢想，活在一個再也沒有新奇和自我的世界？於是你試著翻開書頁，竟在《青春的十一場雨》裡找到了答案。

這十一篇少年小說寫的是不符合社會框架與現實期待的王子和公主。作者從自我的獨特性出發，首先質疑並顛覆了社會框架的合法性。〈城市草香〉裡被視為笨種男孩的汪天洋，其實是一個能在被繁複花香所妝點的冷漠城市中品味出獨特心靈草香的人；〈找牙〉裡被貶抑排擠的老八，卻用強韌的意志與勇氣獲得了認同；〈黃金周末〉中平凡如黑色髮束的哈哈，因其敏銳的感性展現了獨特的風姿。而〈青瓜瓶〉裡打破性別框架，直率健康的娜娜，以及〈淑女木乃伊〉中有著不同眼神，堅拒被淑女化成木乃伊的流流，它們各自以其不被成人讚賞的特質與勇氣，從各式有形無形的框架中掙脫出來，不僅確認了自己存在的價值，並且帶給了別人繽紛多元的世界。正是在這一點上，作者進一步闡述了青少年造夢的情感力量，是如改變了成人所認知的現實世界。

〈從一隻英國皮鞋開始〉是一個運用創意找回父親所遺失的皮鞋的故事。作者用「一隻」

與「一雙」鞋子在少年眼中的不同境況，對比出父親只著眼於對「鞋子」概念的機械操作，突顯父子看待事物的不同角度和方式，並指出所謂的創造力，其實根源於能體察差異變化的心靈，而非既成的框架和道理。

〈羽毛也幸福〉和〈甘北朝北走〉則是兩篇相互對應的小說。前者通過造夢描述一個青少年所期望的如羽毛般輕盈自在的自我世界，文中的幾個標題：「帶草坪的房子」提出自我世界運轉的規則、「請什麼人到家作客」談理解與認同的需要、「我給男生當媽媽」寫期望的情感關係與角色，而「一根羽毛被窗玻璃擋住」與「像空氣一樣的大聚會」則指出逃離生活現實的夢想，其實只是一種虛無的漂浮。相對於電腦所虛擬出的「幸福」世界，〈甘北朝北走〉則清楚地展現了情感意志的力量，通過對音樂也是對自我的追尋，甘北切切實實地在荒寒的現實裡走出了自己的路。

不將夢想／現實、成人／年少區隔為截然對立的世界，正是夢想之所以不會成為空想、成長不會造成毀滅的原因。我們生活在同一個世界裡，時時觸及別人的生活與自我，因此所謂的不同世界，不過是看待它的不同方式。〈溫柔天才〉〈呼吸的牛仔褲〉與〈雞骨架青苞米土豆泥〉三篇便是用生命必然要走向的衰老與死亡，寫心靈與生活的關係。〈溫柔天才〉裡得了早老症的韋，以其年輕溫暖的心靈承擔了別人的痛苦，從而超越了有限的肉體生命。〈呼吸的牛仔褲〉則在生離死別的無常人世，通過情感記憶，使牛仔褲有了能呼吸般的生命，因而抵抗了時間帶來的改變。而〈雞骨架青苞米土豆泥〉則全力寫現實世界的得失成敗，藉牙齒與雞骨架、青苞米、土豆泥在人生不同階段的緊密關聯，提挈出無論是年少，年老甚或死亡，生命都是經由對生活磨難的咀嚼而產生意義和價值。

以尋常的事物為隱喻，落在青春心靈的十一場雨並沒有澆熄豐沛的情感與少年造夢的能力，獨特的心靈跨越了人與人的界線，建構了真正的和諧完美。宋書裡有一個故事說：「某國國境內一處名之為狂泉的泉水，國人飲用後皆發癲狂，獨其國君鑿井而飲故免。然國人皆以國君之不狂為狂，日日拘而療之。國君不勝其擾，遂飲狂泉之水。此後舉國之人皆成癲狂，卻自認為國內再無癲狂者」。世俗對於狂與不狂的分別，不在於理智的有無，而在於「從不從眾」和是否「與別人相同」。所以，除非每個人都願意成為工廠所複製出的公主和王子，孤獨的在櫥窗方格裡灰化。否則，我們當以身為不必穿長筒靴才被接納的貓，以及一點都不童話般完美的黑雪王子和青蛙公主而深自慶幸，並且因著自己仍保有獨特溫暖的心靈而倍感榮耀。

我所認識的常新港

◆左泓
作家

常新港有一個絕活，單臂伏地挺身。這難度就像是會武功的人玩的二指禪。他是怎麼練成的，我不知道，我只是看到他曾經表演過，讓所有在場的人目瞪口呆。後來他這個絕活，成了一個節目，每當重要時刻我就會向朋友隆重推出。

我認識常新港還是上個世紀八〇年代初，他是一個英俊清瘦的小夥子，高高的個子，無論站在哪裡，你總能看見他。他當時在一個工廠裡當工人，是一個技術嫻熟的車工。我們都愛上了文學，都在學寫小說。那時候我們的創作成績也就是發表過兩三篇小說的樣子，都是心裡充滿文學夢想的青年。

我對常新港的第一印象是他不愛說話，別人說話時，他總是緊鎖著眉頭靜靜地傾聽，有時會點點頭微微一笑，回一兩句話。我總在琢磨，他為什麼很少說話呢？那時候我們在一起開會，很少能聽到他發言，或者說他幾乎不發言。

後來我們都調到《北大荒文學》編輯部做編輯工作，成了朝夕相處的同事和朋友，我這才知道，常新港不是不愛說話，是他沒有找到能和別人溝通的話題。他和好朋友在一起的時候，在輕鬆的狀態下，話一點也不少。那時我們經常在一起談小說創作，他買一盒菸，放在桌子上，我們可以從黃昏談到深夜，那個時候的他經常把剛讀完的小說掰開揉碎，講給我聽，每一個細節都不放過。他吸著菸，在地上走來走去，他談他對剛讀過的一本小說的理解，他受到的啟發，他正要寫的小說的內容……很快，幾個小時過去了，一盒菸抽完了，我們分手，回到各自的桌子前，開始自己的創作。那是他風華正茂的年齡，那是他對文學充滿夢想與激情的年齡……所以現在一遇到有人跟我說，常新港不太愛說話啊。我就會說，主要是不熟，熟了就好了。

其實，常新港內心是一個憂鬱的人，他的心靈敏感而脆弱，這源於他童年的時候，父親因為當年的政治運動受到迫害所致。他的父親被打成反革命分子，從繁華的都市來到了北大荒，常新港的童年和少年是在被歧視和被侮辱的生活中度過的，所以，他骨子裡有一種強烈的反叛精神，他跟欺負他的孩子打架從不服輸，可是內心深處卻永遠被一種痛苦和自卑的陰影所籠罩。這在他的早期作品中處處可以找到這些影子。

常新港又是一個在生活中求新求變的人，上個世紀九〇年代中期，他已經是黑龍江作家協會的專業作家了，他完全可以很舒適的待在家裡寫作。可是他卻去了海南，並在那裡一待就是兩年，那時海南剛剛被批准為經濟特區，在海口的大街上，到處都是做著淘金夢的人，內陸辭職的機關幹部、身無分文的大學生、手裡剛剛有點錢的暴發戶……常新港很像當年在北美淘金的大作家傑克．倫敦。他在海口住了下來。他在一家報社找到了一份工作，扎扎實實的從一個編輯做起，一直作到總編室主任的位置。在海南的兩年讓他開闊了眼界，他親眼目睹了中國最早的經濟特區經濟高速發展現實，目睹了一幕幕靈魂和金錢博弈的悲壯場景。後來，我們聊起來時，常新港說，只要我認真，我能做好任何一件事。我堅信他說的，他在海南的從頭再來就是一個很好的例子。

常新港不僅僅只會單臂伏地挺身，早年他喜歡踢足球，喜歡滑冰，現在他打乒乓球。打乒乓球很像他在讀書和寫作之餘的課間操，每天下午，他就背著書包，去乒乓球俱樂部打球，他從小受過打乒乓球訓練，基本功扎實，直板的推擋可以頂住任何凶猛的進攻，而側身進攻時，球的落點又十分刁鑽。後來他覺得不過癮，就由直板改了橫板，因為使用橫板的殺傷力更大。近年來他的球技一路飆升，已經有準專業隊的水平了，他的身體協調性好，腳步靈活，攻勢凌厲，正手可以拉出旋轉力非常強的側拐弧圈球，而反手對球的控制更是老到，經常在臺上起板，讓對方措手不及。他體能超人，經常在俱樂部裡，把十來個對手打得大汗淋漓，坐在椅子上大喘，而他卻還拎著球拍大叫：誰來，你們誰再來啊？僅僅在俱樂部裡稱王稱霸他還不滿足，便和球友們一起到處征戰，攻城奪寨，凱旋而歸後大家舉杯相慶。當然，他也有走麥城的時候，遇上專業水平的，抵擋不住，敗得很慘，不過，這種戰績他一般不說。

就像打乒乓球的直板變橫板，常新港的寫作風格在前幾年開始出現了一個很大的變化。我記得一年秋天，我們兩人吃過晚飯出去散步，我們兩家住一幢樓一個單元，他住我樓上。有一段時間，我們經常晚飯後相約出去散步。我們看著街景閒聊著，走到聖索菲亞教堂廣場時，他緊鎖著眉頭忽然問我：左泓，你說要是我的寫作風格變一下會是什麼樣？我當時愣了一下。我想他既然這樣問我，是經過一番思考的。我就跟他說，一個作家的寫作風格當然可以改變，但是他內在的本質的精神不應該改變。我是一個車迷，我就拿汽車做例子，比如賓士車，現在的賓士車和過去的賓士車已經發生了巨大的變化，可是它的品質一直是第一流的。他聽了不住點頭，並告訴我，他正是這樣想的……那天是我們散步走得最遠的一次，我們走到松花江邊，又從松花江邊走回來，一共兩個多小時，我們穿大街過小巷，不停的走，不停的說，話題就沒有離開過小說寫作風格的改變和作家精神在作品中傳承的話題。後來我就看到了他的《少年黑卡》、《一隻狗和他的城市》再後來他的這類小說就一發而不可收了。

常新港現在給陌生人的印象依然是不愛說話，比如大家在一起走路，他常常一個人走到前邊去了。我知道他腦子裡一定是在想什麼，他想的問題和大家正聊的問題不一致。

二十多年過去了，常新港出版了幾十本書，作為一個兒童文學作家，他在中國的兒童文學中已經確立了自己的地位，惟一沒有變的是，他依然懷著早年對文學虔誠的心，默默地寫作著。面對人生，他已經從青年步入中年，面對文學，他的路還很長很長。他是兒童文學最忠誠的守望者，我堅信他一定會寫出更多更好的作品，就像他的單臂伏地挺身，無人能及。

文學館

青春的十一場雨

2010年3月初版　　定價：新臺幣250元
2019年5月初版第四刷

著者	常新港
叢書主編	黃惠鈴
編輯	劉力銘
	王盈婷
	呂淑美
封面設計	徐燕如
	陳巧玲
整體繪圖	陳裕堂
校對	謝玲
	吳美滿

出版者	聯經出版事業股份有限公司
地址	新北市汐止區大同路一段369號1樓
編輯部地址	新北市汐止區大同路一段369號1樓
叢書主編電話	(02)86925588轉5312
台北聯經書房	台北市新生南路三段94號
電話	(02)23620308
台中分公司	台中市北區崇德路一段198號
暨門市電話	(04)22312023
郵政劃撥帳戶第	0100559-3號
郵撥電話	(02)23620308
印刷者	世和印製企業有限公司
總經銷	聯合發行股份有限公司
發行所	新北市新店區寶橋路235巷6弄6號2F
電話	(02)29178022

總編輯	胡金倫
總經理	陳芝宇
社長	羅國俊
發行人	林載爵

行政院新聞局出版事業登記證局版臺業字第0130號

本書如有缺頁，破損，倒裝請寄回台北聯經書房更換。　ISBN 978-957-08-3557-1 (平裝)
聯經網址 http://www.linkingbooks.com.tw
電子信箱 e-mail:linking@udngroup.com

國家圖書館出版品預行編目資料

青春的十一場雨/ 常新港著．初版．
新北市．聯經．2010年3月（民99年）．
224面．14.8×21公分．（文學館）
ISBN 978-957-08-3557-1（平裝）
[2019年5月初版第四刷]

859.6 99002090